EL DIARIO DE LA PESTE

*Esta obra ha sido galardonada
con el XXII Premio Anaya de Literatura Infantil y Juvenil,
cuyo jurado estuvo formado por Sandrine Criado, Itzíar Egoscozabal, Ricardo Gómez, Sara Nicolás y Pablo Cruz.*

Valentín Beato, 21. 28037 Madrid
www.anayainfantilyjuvenil.com

1.ª edición, abril 2025
4.ª reimpresión, febrero 2026

ISBN: 978-84-143-4271-8
Depósito legal: M-3087-2025
Impreso en España - *Printed in Spain*

PAPEL DE FIBRA
CERTIFICADA

EL DIARIO DE LA PESTE

Espido Freire

XXII PREMIO ANAYA
DE LITERATURA
INFANTIL Y JUVENIL

ANAYA

Índice

Para mis primos, y muy especialmente
para mis primas, a los que conté esta historia
cuando ni ellos ni yo sabíamos qué era la peste,
ni cómo distinguir una seta de otra.

Líbrete Dios de la enfermedad que baja de Castilla
y del hambre que sube de Andalucía.
–Mateo Alemán (1547-1614)

I
LA PESTE

1. Una noche cualquiera

¿Cómo se distingue una noche cualquiera de la que cambiará tu vida?

Aquella del 6 de agosto del año de gracia de 1598 debería haber sido una noche más; una noche sin luna, lenta y calurosa. Mi madre hubiera pasado por mi alcoba para darme su bendición y un beso y para preguntarme si había rezado mis oraciones. Quizás más tarde mi padre, don Juan, siempre tan atareado con sus funciones, se asomaría para verme y trazar el signo de la cruz sobre mi frente, cuando yo ya estuviera dormida, o quizás no. Crispín, nuestro papagayo verde, protestaría un poco y diría algunas de sus impertinencias, indignado, cuando cubrieran su jaula con un paño.

–Nunca he visto un papagayo peor hablado. ¿Dónde ha aprendido esas barbaridades? Las va a repetir el niño –diría mi madre, mientras movía la cabeza. Pero aun así le rascaría un mechón de plumas azules y negras que tenía justo sobre el pico y le daría unos pedacitos de manzana.

Crispín había sido su confidente desde la infancia y la había acompañado a esta casa cuando se casó. Aunque yo lo había heredado, el pájaro y yo no nos entendíamos. Él consideraba que mi madre era su única dueña y su amiga. De vez en cuando susurraba su nombre en un graznido bajito:

–Doña Magdalena, doña Magdalena...

En cambio, nunca conseguí que repitiera el mío.

Blanchete, mi perrito faldero, un bichón maltés blanco muy pequeño, fingiría que dormía en su cesta a los pies de la cama. En cuanto mi madre saliera de la habitación saltaría a mi lado, y se acurrucaría a mi costado hasta el amanecer. Yo tardaría en conciliar el sueño: me rondaban la cabeza demasiadas preocupaciones. En unos meses, cuando cumpliera los dieciséis años, se celebraría mi matrimonio con Jerónimo de la Torre de Esteban Hambrán, y pese a que la fecha estaba fijada, ni mi padre, ni mucho menos yo, considerábamos que estuviera preparada para ello.

–Aún es una niña –rezongaba mi padre–. Y sus modales dejan mucho que desear. Espero que sepa comportarse a la altura de esa responsabilidad.

–Es una soñadora –corregía mi madre–. A su edad yo era igual.

Me resultaba imposible imaginarme a mi madre, tan serena, tan dulce, tan dueña de sí, como el manojo de nervios y de torpeza que yo era; pero quería creerlo, porque si en algún momento ella se había parecido a mí, quizás aún me quedaban esperanzas.

En una noche cualquiera alguna de las criadas hubiera rellenado la jarra de metal de mi mesilla con agua fresca, y si el calor era excesivo, alguna de las esclavas niñas se hubiera sentado junto a mi cama y hubiera agitado el aire con un gran abanico de hojas trenzadas, muy lentamente, para que no me despertara. O quizás ni siquiera estuviéramos ya en la ciudad, sino que nos hubiéramos ido a una de nuestras fincas en el campo, puede que a la de Cabañeros, donde nació mi madre y donde las montañas y la vegetación templan el aire y los veranos resultan más llevaderos.

Pero no era una noche cualquiera. Mis padres faltaban de nuestra casa de Toledo desde junio; se encontraban confinados en La Puebla de Montalbán y hacía dos semanas que no sabíamos nada de ellos, o eso era lo que me habían dicho. Sin embargo, sabía que me mentían. Todo el personal de la casa, Fadrique, el mayordomo, Ana, mi doncella, e incluso Mariquilla, mi nodriza, todos callaban, desviaban la mirada y cambiaban de tema cuando les preguntaba si había alguna noticia, si había llegado algún mensaje.

Ahora sabía que no podía fiarme de ellos. Sabía que estaban planeando mi muerte y la de mi hermanito.

La noche anterior les había espiado. Eso era algo que se me daba bien, el moverme a oscuras y con sigilo por la casa, sin que nadie advirtiera mi presencia. Había dejado mi cuarto y me había deslizado en la oscuridad hasta el punto de la casa en la que los suelos de piedra pasaban a ser de madera, y había bajado las escaleras hasta la cocina donde los criados cenaban a la luz tenue de alguna brasa ya casi apagada, sofocados por el calor. Por el hueco que dejaba la puerta entornada veía el perfil serio del mayordomo, y algunas sombras que se agitaban junto a él.

–No sabemos a ciencia cierta si nuestros señores han muerto –dijo una voz masculina.

–Las noticias que llegan de La Puebla de Montalbán son terribles: han cerrado el lugar a cal y canto, nadie puede entrar ni salir de él –dijo otra voz–. Si no han muerto ya, estarán contagiados por la peste y pronto morirán.

–¿Quién les mandaría ir allí, si ya era público que había enfermos? ¿Por qué ponerse en peligro? –dijo la primera voz, que reconocí como la de Blas, el cocinero–. Si hubieras cumplido con tu obligación, lo hubieras impedido y nosotros no nos encontraríamos ahora en esta situación.

Fadrique le dirigió una mirada torva, y se tomó su tiempo para contestar. Era un hombre grande y corpulento, que nunca parecía tener prisa.

–Aunque se lo hubiera impedido, hubiera dado igual: la orden procedía del corregidor de Toledo, y por lo tanto, de manera indirecta, del rey. Otros señores ya estaban informando de lo que ocurría desde Ocaña, desde Yepes, desde Alcoba. A nuestro señor don Juan se le ordenó ir a La Puebla de Montalbán porque tiene allí negocios, familia y conocidos, y hubiera sido traición al rey desobedecer. Y nuestra señora doña Magdalena quiso acompañarle porque quizás así averiguaría algo de su hermana y de su familia, de la que no había cartas desde hacía semanas. Yo ya sabía que cuando dejaron esta casa no iban a regresar, pero ¿me hubieran escuchado? ¿Quién escucha a los criados? Y hoy la orden de que también cierran Toledo me ha confirmado lo que ya me imaginaba. Ahora, ni ellos volverán ni nosotros podemos salir.

Sentí un ruido extraño en los oídos, como me suele ocurrir cuando me siento mareada antes de desmayarme; pero esta vez no podía permitírmelo, pese a que el corazón me latía en la garganta y con cada respiración me dolía el pecho.

–Entonces tenemos que cuidar de nosotros mismos, porque nadie más lo hará –dijo Ginés, un esclavo que se encargaba de las mulas, y que mi madre había liberado el año anterior–. Sin señores y con la peste a las puertas, ¿qué será de nosotros?

–Tenemos que huir –dijo Mariquilla, mi nodriza–. La peste no ha llegado a mi aldea, y en el campo, cada uno por nuestra cuenta, podremos sobrevivir. Si nos quedamos en esta casa moriremos antes o después o nos asaltarán algunos que estén más desesperados para llevarse todo lo que puedan.

–Hay comida para varias semanas y cobijo asegurado –dijo otro.

–Comida sí, pero no bebida –sentenció, con voz grave, Fadrique–. La casa tiene un aljibe pequeño que está casi vacío. Dependemos del agua del pozo de la plaza, y esta se contaminará pronto, porque muchos, demasiados, van a beber a él. Hay vino y sidra en la bodega, pero no podemos subsistir con eso.

–¿Y los niños de nuestros señores? –preguntó Ginés–. Si huimos, ¿qué va a pasar con ellos? No saben hacer nada, no pueden valerse por sí solos, no tienen parientes en la ciudad.

Se alzó un alboroto de voces.

–¡Que los ricos cuiden de los ricos!

–¿Se han preocupado ellos alguna vez por nosotros? ¿Por qué tengo que preocuparme yo ahora?

–¿Qué más me dan ellos? ¡Yo también tengo hijos! ¡Y quiero sobrevivir!

–¡Que sepan ahora lo duro que es nuestro trabajo y que aprecien lo que hemos hecho por ellos!

Fadrique alzó una mano y su voz se impuso a las demás.

–Si huimos de esta casa y con suerte logramos burlar la vigilancia de los guardas y refugiarnos en nuestras aldeas...

–Eso no será un problema –dijo Blas–. Esta mañana aún dejaban que saliera quien quisiera; la puerta de Bisagra estaba abierta para los que se iban a Madrid, y la del Cambrón para quien tomara el camino a Valladolid. Se alegran de verlos marchar, uno menos. Lo complicado es entrar: ahí sí son inflexibles. No quieren arriesgarse a que nadie traiga la peste con él.

–Hoy era así, mañana no lo sabemos. Aun así, muchos saben que estamos al servicio de los Hurtado, y al ver que nos vamos sin ellos atraeríamos todas las sospechas. Podrían acusarnos de abandonar a los hijos de nuestros señores, y llevarnos presos, o algo peor.

–Por eso no podemos dejarlos aquí –dijo una voz de mujer–. Los guardas nos registrarían por si hemos robado algo, nos obligarían a regresar a esta casa y a que retomáramos nuestros puestos. No, tenemos que marcar esta casa con la cruz roja que indica que está infectada. Si nos paran, debemos decir que han muerto de peste solos, en sus habitaciones, sin contacto con nosotros, y que por eso nosotros nos marchamos y nos llevamos nuestras posesiones con nosotros. Tenemos que matarlos. Así no podrán delatarnos, ni serán una carga para nosotros.

Se hizo un silencio tan profundo que creí que escucharían el sonido de mi respiración.

–¿Cómo lo haremos? –preguntó Fadrique.

–Sobran los venenos con los que hacerlo. Lo importante es que si los encuentran piensen que ha sido por la enfermedad.

Sentí cómo dos lágrimas me empañaban los ojos. Quien había hablado con tanta dureza era Mariquilla, mi nodriza, la mujer que me había criado.

2. Una pluma verde

De manera que a la noche siguiente, aquel 6 de agosto sin luna ni una brizna de viento, fingí que estaba más cansada que de costumbre y quise acostarme pronto.

–No tenéis nada –dijo Mariquilla, midiendo el calor de mi frente con el dorso de su mano–. No seáis caprichosa. A nadie le gustan las doncellas que se quejan por todo.

–Será el calor –contesté–. Me voy a retirar: quizás así mañana me encuentre mejor. Ama –añadí–, mi padre me dejó encargado que si no regresaba antes del 5 de agosto se abriera la orza grande de chorizos, la que está marcada con el número 7, porque creía que se estaban picando, para darle un gusto a los criados. Encárgate de que sea así.

–Pero eso se lo habría dicho al mayordomo.

–Eso pensé yo –dije, y me sentí muy astuta, porque había previsto la pregunta–, pero me dijo que no se fiaba de que esperara hasta el día 5 si se lo decía, porque todos sabemos que Fadrique es un glotón y que su estómago no tiene fondo.

Mariquilla se rio entre dientes.

–Eso es verdad. Sobre todo con los chorizos. Gracias, niña, hoy alguno dormirá feliz.

Ana me ayudó a sacarme el vestido y me cepilló el pelo, como todas las noches, me lo trenzó, y luego nos dejó. Mientras tanto, Mariquilla doblaba las prendas de ropa. Luego me arropó en la cama, pero por primera vez me di cuenta de que hacía todo aquello con cierta brusquedad, con la mente en otra parte.

¿Cuánto hacía que ya no me quería, que me había convertido en un estorbo para ella? A diferencia de otras nodrizas, Mariquilla nunca se había mostrado demasiado cariñosa y mantenía las distancias conmigo, pero ella me había alimentado, me había enseñado a caminar, siempre había estado a mi lado. Me contaba historias de su aldea, leyendas en las que siempre había lobos y ovejas desobedientes y un monstruo de río llamado la Tarasca. A veces me hablaba de su hijo, el que había dejado atrás para amamantarme y cuidar de mí. ¿Cuándo había considerado que yo era un estorbo del que deshacerse?

Cuando cerró la puerta a sus espaldas me levanté con todo sigilo. Abrí la puerta de mi alcoba y Blanchete alzó las orejas, extrañado. Aguardé hasta que escuché, muy lejanos, risas y gritos en la dirección de la cocina. El banquete inesperado los mantendría entretenidos algún tiempo, pero debía moverme con rapidez. No sabía cuánto tiempo tenía. ¿Habrían decidido ya la fecha de nuestra muerte? ¿Con qué excusa nos suministrarían el veneno? ¿Un vaso de leche, una tisana para que durmiéramos mejor?

Abrí el arcón de mi ropa de invierno, donde esa tarde había metido una camisa, una falda, un corpiño y otras prendas que había robado de las habitaciones de las criadas. ¿En eso me había convertido yo, la hija de la casa de los Hurtado, en una ladrona? Menos mal que mi madre no podía verme. Se hubiera muerto de la vergüenza.

La falda me quedaba demasiado grande y la camisa muy larga, pero estaban confeccionadas con tejidos fuertes y resistentes y, sobre todo, eran prendas comunes que no delataban quién era yo ni mi rango. En un momento de tanto peligro debía disfrazarme de manera convincente. Me hice un moño apretado con las trenzas, y las fijé en la nuca. Muchas mujeres llevaban un mantón colocado sobre sus cabezas de tal manera que solo mostraban un ojo y parte de la mejilla; pero yo tengo los ojos azules, y es fácil reconocerme por ese rasgo porque casi todas las jóvenes de Toledo presumen de bonitos ojos negros.

Además, esas prendas más bastas se ataban por delante, y me permitían vestirme sola. Desde que nací mis vestidos y mis corpiños han necesitado al menos una persona más para ajustarlos. Ana, la doncella, los cosía o ataba con cordones sobre mi cuerpo, encajaba mangas u ocultaba pliegues. Las nuevas prendas me rasparon la piel y me parecieron pesadas. Estaba acostumbrada a la seda crujiente, al hilo fino de mi ropa interior y a las bonitas zapatillas de tafilete: mis pies parecían mucho más grandes de lo que eran dentro de los botos que había conseguido. Allí, en mis arcones, quedaban las ropas de boda y el ajuar que con tanta paciencia habíamos planeado y bordado mi madre y yo. Ya no me servía de nada.

Revisé mi alcoba por última vez. ¿Qué más podría necesitar? Me llevaba mi espejo de cobre bruñido, un pequeño libro en blanco en el que a veces anotaba algunos hechos de mi vida, algunas joyas mías y otras que había escamoteado de la habitación de mi madre y que no tenían demasiado valor; las caras, las alhajas de familia, se encontraban en un bargueño con infinidad de compartimentos secretos, pero mi madre se había llevado la llave con ella, y puede que también las joyas. No tenía tiempo ni modo de saberlo.

Entonces me dirigí hacia la jaula de Crispín, abrí la portezuela y le tendí la mano. El papagayo se asomó con curiosidad y subió a mi brazo, luego dio unos paseos tímidos sobre la mesa y ladeó la cabeza de colores brillantes.

–¿Manzana? ¿Manzana?

–No, Crispín, hoy no puedo darte manzana.

–¡Fea! –gritó–. ¡Bruja! ¡Fea!

Abrí la ventana de la alcoba y le hice una señal. Él volvió a mí unos ojillos desconfiados.

–Doña Magdalena –dijo.

–No está aquí –contesté, y estuve a punto de echarme a llorar–. Vete. ¡Si te pillan te comerán! Aquí no le caes bien a nadie –le dije, y luego pensé: «Como yo»–. ¡Vamos, vete! No dejes que te atrapen.

Crispín revoloteó confuso por la habitación y se posó en el alféizar de la ventana. Me miró una última vez, y cuando moví los brazos para espantarlo pareció entender por fin y salió volando hasta perderse en las sombras de la calle. Suspiré. En la ventana flotaba una pluma verde.

Cogí en brazos a Blanchete y lo envolví en el pliegue del manto, a la altura de mi pecho. Estaba acostumbrado a ello y ni siquiera se resistió. Se hizo una bola contra mí y se quedó muy quieto. Cerré la puerta de mi cuarto y me estremecí. Allí, tras aquella puerta, dejaba todo lo que poseía en este mundo.

Crucé de puntillas el pasillo que llevaba al primer patio interior y me metí en la primera habitación, la de mi hermano. Don Diego dormía tan profundamente que tuve que sacudirle varias veces hasta que abrió los ojitos llenos aún de sueño.

–Vamos, don Diego, despierta, tenemos que irnos.

–Quiero dormir.

–No, no, nada de dormir. Vamos a vivir una increíble aventura.

Y mi hermanito, al que nada gustaba más que una buena historia de caballeros andantes, como las novelas a las que mi madre se había aficionado y que le leíamos para entretenerle, se sentó en la cama, repentinamente interesado.

–¿A dónde vamos?

–Vamos a atravesar una cueva –le dije– y a vivir en un bosque.

–¿Quién es nuestro enemigo?

–Un mago muy poderoso que cambia el aspecto de la gente. Por eso no podemos fiarnos de nadie a quien conozcamos.

–¿Por qué?

–Porque pueden no ser ellos, sino enemigos que han tomado su apariencia.

–¿Por qué?

–Cálzate y te lo contaré por el camino. ¡No hagas ruido o nos descubrirán!

Me había ofrecido a acostar al niño esa noche, por lo que lo había metido en la cama ya vestido. No era inusual que me encargara yo de don Diego; como ni su nodriza ni la mía le mostraban demasiado afecto, me dejaban su cuidado de buena gana. Mientras le ataba los zapatos noté que comenzaban a temblarme las manos.

¿Podríamos salir de una de las casas más conocidas de Toledo, situada en una de las calles principales, sin que se dieran cuenta de ello ni nuestros criados ni los guardas de la ciudad? ¿Qué estaba haciendo? No tenía ropa para él, tendría que ir con sus prendas habituales y como mucho un jubón de abrigo. ¿Cómo pensaba que podía llevarme a un niño tan reconocible como mi hermano, vestido como un hidalgo, en plena noche? ¿Llegaría más allá del patio de las caballerizas sin que el perrito ladrara? ¿Habría entendido mal la conversación de la noche pasada? ¿Estaría precipitándome, como me pasaba tantas veces? ¿Cómo iban a desearnos el menor mal nuestros fieles criados o los esclavos con los que mi madre se mostraba siempre tan caritativa? ¿Dónde estaban mis padres? ¿Por qué no habían venido a por nosotros? ¿Había soñado aquella horrible escena en la cocina?

Mi hermano me señaló los ojos.

–¿Estás llorando?

Negué con la cabeza y traté de sonreír.

–No, solo tengo sueño. ¡Vamos!

Cogí la mano del niño y nos adentramos en la oscuridad de los pasillos de la casa.

3. CUIDAD DE VUESTRO HERMANO

CAMINAMOS A TIENTAS hacia la bodega de la casa; al principio casi parecía un juego, como si nos escondiéramos, como tantas veces hacíamos, mientras alguien nos buscaba en los rincones más insospechados. La casa de los Hurtado era tan grande y se encontraba tan claramente dividida en partes diferentes que había zonas que yo nunca había pisado; por ejemplo, nunca me habían permitido bajar al segundo patio, por donde entraban y salían las mulas, los carros y los caballos. Algunas de las habitaciones tenían puertas independientes que daban a la calle, y otras se unían mediante pasillos estrechos, pasajes que los criados usaban para desempeñar su trabajo sin ser vistos.

Muy pocas veces había bajado a la cocina, aquel lugar siniestro donde nuestros criados conspiraban, y pese a que se encontraba exactamente bajo mi alcoba, nunca había entrado en el lujoso salón en el que mi padre recibía a los regidores, a los alguaciles menores y al resto de caballeros que le visitaban.

Sin embargo, sí sabía hacia dónde nos dirigíamos. Un día, cuando tenía doce años, mi padre me mandó llamar. Cuando me tuvo ante su presencia me miró por un largo rato, sin decir palabra, con aquellos ojos azules tan parecidos a los míos pero más claros, más fríos. Era un hombre serio y estricto dentro de casa, y sagaz e implacable fuera de ella. Muchos le tenían miedo, y yo no suponía una excepción. Me asusté: quizás había hecho algo inadecuado, como era mi costumbre, y la eterna amenaza de mi madre de que se lo contaría a mi padre se había convertido en realidad.

Yo conocía muy poco a mi padre, y nunca había estado a solas en su presencia, aunque, como todo el mundo, sabía quién era don Juan Hurtado, y me costaba imaginar que a un hombre tan ilustre le importara que yo hubiera roto, sin querer, por cuarta vez, la jarrita de la leche, o que hubiera arruinado un corte de seda porque había tenido que rehacer el bordado y se había rasgado. Y estaba en lo cierto. Nada de eso le importaba.

–Me han dicho que ya tenéis suficiente juicio como para sentaros y comer en la misma mesa con nosotros, vuestros padres, y con otras personas de mérito. También me han dicho que sois de inteligencia despejada y que sabéis guardar un secreto.

–Quien os lo ha dicho tiene mejor opinión de mí que yo misma, padre.

–Eso creo, porque yo os veo aún muy joven, tierna como un arbolillo. Vuestra madre ha hecho todo lo que ha podido por vuestra educación, pero me consta que no la habéis aprovechado mucho ni muy bien. Pero vos mejor que nadie sabéis en qué situación está nuestra familia, y debemos obrar con arreglo a las circunstancias.

Volvería a oír esa frase años más tarde, cuando mi padre me dijo que estaba prometida a Jerónimo de la Torre de Esteban Hambrán. «Vos mejor que nadie sabéis en qué situación está nuestra familia, y debemos obrar con arreglo a las circunstancias. Esta boda nos honra a nosotros y os protege a vos, y parece también del gusto de la familia del novio».

«Voy a casarme –escribí esa noche en mi diario–. Mi marido vive en la Corte, en Madrid, y no es mucho mayor que yo».

Pero entonces, con doce años, yo aún ni siquiera soñaba mis desposorios, y no entendía qué pretendía mi padre de mí.

–De momento y si no me mostráis lo contrario, haré caso a vuestra madre y creeré que sois digna de mi confianza y no una niña torpe e indiscreta.

Me incliné levemente ante él.

–Decidme en qué puedo obedeceros.

–Seguidme y prestad atención.

Mi padre me llevó hasta las bodegas de la casa que, como casi todas las de la ciudad, estaban excavadas en la roca. Olía a tierra vieja y a moho, a madera y a algo más, a algo raro, a algo que estaba vivo: quizás fuera el vino que se fermentaba en las cubas. La puerta de la bodega se encontraba cerrada con una llave que mi padre hizo girar ante mis ojos.

–Una copia de esta llave la tengo yo, la otra la tiene el mayordomo.

Pasamos entre las enormes cubas, que a cada vendimia volvían a llenarse con la uva que traían los campesinos de las tierras cercanas al Tajo. Mi padre era uno de los pocos señores con derecho a cultivar vides: el comercio del vino se manejaba con control férreo en Toledo, y pese a las protestas de los campesinos, que se quejaban de que el trigo y la cebada apenas les dejaba para vivir, y que el auténtico negocio se encontraba en plantar viñedos, el corregidor quería el control absoluto y se les negaba ese permiso. Cada año ellos protestaban un poco menos y nosotros nos enriquecíamos un poco más.

De vez en cuando se escuchaban los pasitos de un ratón que huía de nosotros, amplificados por el eco de las paredes. Mi padre avanzó entre los pellejos de vino y aceite colgados del techo, que se bamboleaban pesadamente, y me llevó hasta el fondo de la bodega, donde una verja de metal, sencilla pero muy sólida, protegía dos barriles de un tamaño mediano, tumbados sobre su vientre redondo.

–Si me preguntan dónde están las llaves de esta verja –me dijo–, yo diré que se perdieron hace mucho tiempo. Y si os preguntan a vos diréis lo mismo.

–Pero no es así, ¿verdad?

Él sonrió, complacido.

–Efectivamente, no es así. –Se sacó de la manga, muy amplia y rematada con un encaje ancho, una llavecita pequeña. Luego hurgó en la otra y me mostró una segunda llave idéntica–. Tomadla, es vuestra. De hecho, esta puede ser la pieza más valiosa de toda la herencia que os deje. Guardadla bien, mezcladla con otras que abran vuestras arquetas, o lo que sea que tengáis en vuestra alcoba, pero nunca la confundáis ni la perdáis de vista. Ahora, abrid la verja.

Le obedecí, pero sin pensar ni por un momento que aquella cosita minúscula abriría un cerrojo tan grande ni una verja tan pesada. Sin embargo, escuché un clic metálico y la puerta se venció hacia la derecha. Mi padre miró por encima de su hombro.

–Ahora acercaos hasta el tonel derecho, y buscad un nudo en la madera en su lateral. Apenas se nota, pero si pasáis con mucho cuidado el dedo por la superficie encontraréis un punto en el que está menos pulido.

–Sí, creo que lo noto.

–Muy bien. Mantened siempre las manos finas y cuidadas. La piel endurecida por el trabajo no siente esas diferencias. Ahora apretad hacia dentro y hacia arriba con todas vuestras fuerzas.

Obedecí hasta que noté cómo la pieza más áspera se deslizaba bajo mis dedos. Al cabo de unos segundos la boca del barril derecho se abrió de golpe.

–Mirad dentro –dijo mi padre.

No había vino, ni sidra, ni contenía grano, ni, como por un momento llegué a pensar, monedas de oro y plata. Dentro no había nada, solo un agujero negro. El barril ocultaba la entrada a un pasadizo excavado en la piedra que se prolongaba hasta donde se perdía la vista.

–¿Qué es esto, padre?

–Es uno de los túneles que atraviesan las entrañas de Toledo –contestó él–. Antiguamente cada casa importante tenía uno. Algunos se cegaron, otros son impracticables por los derrumbes, pero el de nuestra casa se encuentra en perfecto estado: comunica con los canales del antiguo acueducto, y corre por debajo de Toledo hasta que sale a dos leguas de la ciudad, hacia el oeste. No lo olvidéis: en algún momento de vuestra vida es posible que tengáis que huir, como lo hicieron nuestros antepasados. Viviréis una guerra, o un asedio, o una plaga, u os perseguirán nuestros enemigos. No sé qué desgracia ocurrirá, pero si algo he aprendido de la historia es que muy posiblemente algún infortunio nos aceche a todos en un futuro. Entonces no lo dudéis: coged a vuestros hijos, si los tenéis, algo de dinero y un candil, y dirigíos aquí. No le reveléis la existencia de este túnel a nadie, ni siquiera a vuestro marido, hasta que vuestros hijos tengan edad de entender lo que significa un secreto. Ojalá nunca tengáis que usarlo, pero si llega el momento, tened valor, hija mía, y que Dios os proteja.

–Tendré valor, padre.

–Otra cosa: en esa huida nunca dejéis atrás a vuestro hermano. Otros os aconsejarán lo contrario, quizás incluso vuestro propio marido, pero nunca traicionéis a vuestra sangre. Cuidad de vuestro hermano. Tened siempre presente que, si las cosas fueran de otra manera, sería él quien conocería el secreto del pasadizo y ahora le estaría diciendo: «Cuidad de vuestra hermana» con la esperanza de que me obedeciera.

–No lo olvidaré.

Me escudriñó con aquellos ojos fríos y penetrantes que tenían aterrorizados a tantos caballeros principales. Probé dos veces más la llave y la palanca, y después subimos a los salones de la casa, como si nada hubiera ocurrido. Pero desde ese momento mi padre se asomaba a la puerta de mi habitación casi todas las noches, cuando creía que yo estaba dormida, vigilaba mi sueño por unos momentos, se acercaba hasta mi cama para trazar la señal de la cruz sobre mi frente, y luego se marchaba en silencio, sin hacer el menor ruido.

4. La situación de nuestra familia

No sé hasta qué punto la situación de nuestra familia era un secreto en Toledo. Vivíamos tan aislados que mi trato con otra gente se limitaba a algunas visitas, siempre breves, y a saludarnos a la salida de las misas. Yo pensaba que así se comportaban todos: no había conocido otra cosa.

Mi padre, don Juan, provenía de una familia de la baja nobleza que se había enriquecido con el comercio: compraban y vendían de todo, paños, lanas, cuero, vino, aceite, carne. Esa era una actividad vulgar, impropia de un caballero, y que hacía que muchos nos miraran con desprecio: un noble vivía de las rentas de sus tierras y de los beneficios que le concedía un señor aún más poderoso; un noble no trabajaba, y la compra y la venta de bienes se consideraba indigna de su categoría. Una vez que se perdía el respeto del resto de las familias, resultaba muy complicado recuperarlo. Mi padre había ganado mucho dinero, pero, qué contradicción, le hacían pagar por ello.

Mi madre, en cambio, llevaba el apellido López de Ayala, y estaba emparentada con algunos de los nobles de mayor relevancia del reino: era prima del alguacil mayor de Toledo, el conde de Fuensalida. Como casi todos los nobles, su familia disimulaba que pasaban por dificultades económicas. Parecía un enlace perfecto: él aportaba dinero y sangre nueva, y ella, su clase y su abolengo.

Sin embargo, mi madre, que se había criado en el campo con su abuela, la duquesa de Arcos, no se encontraba a gusto entre la gente que trataba mi padre. Se quejaba de que tenían costumbres y modales toscos; y él consideraba que los parientes de mi madre eran unos inútiles, unos engreídos malcriados a los que no les quedaba más remedio que tolerar porque, al fin y al cabo, eran sus semejantes y se habían mecido en cuna noble.

–Entre todos no reúnen una onza de seso.

–No os quejéis –decía mi madre, con su voz dulce–. Gracias a eso podéis manipularlos a vuestro antojo.

–Sí –reconocía él–, pero siempre en la sombra, un paso por detrás. No me brindan el lugar que merezco, ni reconocen mi inteligencia, aunque las mejores decisiones para la ciudad han partido de mi ingenio.

–A menudo resulta más seguro que otros presenten la cara mientras sois vos quien da las órdenes. El poder es un mar plagado de remolinos.

Con el tiempo aprendí que nosotros, mi familia, nos sentíamos extraños en todos los lugares, que no pertenecíamos del todo a ninguna comunidad. Era parte de la herencia que me dejarían, esa distancia con todo y de todos.

Cuando se casaron se instalaron en el centro de la ciudad, en una hermosa casa que mi padre compró a nuestros primos los condes y que por fuera no parecía gran cosa: un edificio grande de ladrillo y madera, como se acostumbraba en la ciudad, con algunos escudos que salpicaban la fachada, y ventanas con yeserías mudéjares. Tenía dos pisos y dos patios con galerías, una gran escalera monumental y, como llegué a saber, muchos secretos.

Yo, doña Elena Hurtado López de Ayala, fui su primera hija. Sé que fui una decepción, pero que se consolaron pensando que pronto tendrían un niño. Las hijas no conservaban el apellido, ni heredaban los títulos, pero servíamos para buenos matrimonios y para estrechar alianzas. Y así fue, al año siguiente tuvieron un niño. Y al siguiente otro. Y otro más. Pero ninguno de ellos sobrevivía más allá de unos pocos días.

Cuando nació mi hermano yo tenía nueve años; rápidamente sentí que me ocultaban algo, pero los mayores guardaban tantos secretos que no me resultó extraño. Cuando me dejaron cogerlo en brazos vi que no era como los otros bebés: tenía los ojos rasgados, la frente abombada y la nariz muy pequeña y redonda, alejada de una boca grande.

Pensaron que, como mis otros hermanos, viviría poco; pero don Diego sobrevivió, aprendió a andar y luego a hablar, aunque con mucho retraso, y se convirtió en un niño alegre y tranquilo que siempre sería diferente. No le enseñarían a usar la espada, ni a montar a caballo, ni a cazar; no aprendería nunca a leer ni a escribir ni podría hacerse cargo de la herencia de mi padre. No abandonaría sus habitaciones ni las estancias de las mujeres; sería un niño eterno, cariñoso y apacible. Después de él no nacieron más hijos. Nuestra familia carecía de heredero.

Por eso mi matrimonio resultaba tan importante, más de lo habitual: era yo quien debía tener hijos lo antes posible, hijos sanos que heredaran nuestro patrimonio y lo conservaran dentro de la familia. Cuando mi padre me anunció que me había encontrado marido ni siquiera se me pasó por la cabeza protestar; sabía que yo era demasiado joven, pero no olvidaba que no andaba sobrada de belleza, que no me consideraban del todo noble ni del todo burguesa, y que además estaba la sombra inocente pero inevitable de mi hermano. No podía permitirme demasiados remilgos.

Debido a la situación de mi hermano y a que ni unos ni otros se sentían cómodos tratándonos como si fuéramos de los suyos, llevábamos una vida muy retirada, y aunque mi padre organizaba constantemente reuniones en la planta baja, nosotras apenas recibíamos visitas. Para las celebraciones importantes nos desplazábamos a la Catedral de Santa María en nuestro coche. Para las misas ordinarias caminábamos con nuestras doncellas y algún criado hasta la Iglesia de Santo Tomé. Cuando me aburría, me distraía mirando los rostros del nuevo cuadro que habían colocado en la capilla de la Concepción, que se encontraba en un lateral: mostraba el entierro del conde de Orgaz, un caballero famoso por su piedad, y se lo habían encargado a un pintor muy famoso, un hombre con fama de excéntrico, que se había instalado en Toledo, aunque era griego. Como su nombre era imposible de pronunciar, lo llamaban simplemente el Greco.

Mi madre me educó en casa. Muchas de las niñas de las familias que nos rodeaban acudían al Real Colegio de Doncellas Nobles que nuestro señor el rey Felipe II y el arzobispo de Toledo habían abierto en la ciudad. Hasta allí viajaban jovencitas de apellidos ilustres procedentes de toda Europa, y las amistades y alianzas que formaban se mantenían durante toda su vida. Pero mi padre se negó a enviarme allí, ni siquiera cuando el arzobispo le sugirió que sería una buena idea.

–Lo que les enseñan, que son las artes para convertirse en buenas madres y esposas obedientes, puede aprenderlo de su madre, y no me gusta que se junten tantas niñas bajo el mismo techo. Eso solo lleva a que se contagien enfermedades y a que se den ánimos las unas a las otras para ser descaradas y atrevidas.

Yo pensaba de otra manera: muchas de esas doncellas se casaban con los hermanos de sus compañeras, y durante los años de escuela tenían con quién reír y con quién jugar, pero la palabra de mi padre, como la de todos los padres, era ley. Y así crecí sin amigas, sin más trato cercano que el de mis primas doña Violante, doña María y doña Orofrisia, a las que veía muy de tarde en tarde y con las que casi nunca tenía nada de qué hablar.

Y así los años fueron pasando, hasta que de pronto llegaron a oídos de nuestra ciudad amurallada rumores de que la peste había regresado.

Una doncella de mi categoría no debía saber ni una palabra de esas cuestiones. En realidad, no debería saber gran cosa sobre nada, pero la casualidad quiso que no fuera así. Ocurrió cuando Blanchete no era más que un cachorro, una bolita blanca que cabía en mi mano y que me habían regalado después de lloros continuos y mucha insistencia. El invierno llegó pronto aquel año, y fue muy frío, y yo había colocado su cestita cerca de la chimenea de mi alcoba, para que siempre estuviera templada. Sin embargo, el perrito se empeñaba en tumbarse sobre las losas de piedra del fondo de la habitación, refugiado bajo los tapices que cubrían las paredes.

Intrigada, me senté en el suelo junto a él. No debería haberlo hecho, porque ya vestía como una doncella, con el corpiño rígido y unas faldas de ruedo inmenso, y la mayoría de las veces no podía levantarme sin ayuda, pero las viejas costumbres mueren despacio y me comporté como una niña pequeña. El suelo y la pared estaban inusualmente caldeados, y una corriente de aire cálido procedía del piso inferior. Cuando aparté el tapiz me sobresalté al escuchar con toda claridad la voz de mi padre:

–No aceptaré ese precio de ninguna de las maneras.

–Tampoco nosotros, don Juan.

Tardé algún tiempo en darme cuenta de lo que ocurría: el tiro de la chimenea del piso inferior pasaba por la pared de mi alcoba, y las cenizas y el hollín saldrían por una chimenea situada en el tejado. El hueco no solo transmitía el calor de las llamas, sino que llevaba las voces de quienes se reunían alrededor del fuego hasta mis oídos. Bastaba con pegar la oreja a una de las juntas de las piedras, debajo del tapiz que adornaba mi habitación con escenas de mujeres que representaban la Prudencia y la Virtud.

Ninguna doncella bien educada escucharía conversaciones ajenas y que pudieran comprometer su inocencia. Y casi cualquier cosa comprometía nuestra inocencia. Mi madre me lo repetía constantemente:

–A nadie le gustan las marisabidillas, doña Elena. Ningún marido recibirá con alegría a una esposa que sepa tanto como él del mundo, o que quiera darle lecciones.

–Marisabidilla –repetía Crispín, que tenía un instinto especial para mostrarse desagradable conmigo siempre que tuviera la menor ocasión.

–No os prohibiré que leáis novelas, porque las disfruto tanto que sería una hipocresía privaros de ellas, pero no os acerquéis a otros libros, y menos aún al latín. No hay mes que no se publique una coplilla contra las mujeres cultas, o contra las que quieren presumir de conocimientos. Sería horrible que tuvierais esa fama. Hija mía, preferiría estar muerta a que estudiarais como un hombre. ¿Qué dirían de mí?

–No os preocupéis, madre, no tengo la menor afición por el estudio.

Yo solo podía pensar: «¿Qué lecciones podría darle a mi marido si no sé nada sobre nada?». Pero callaba y seguía bordando. En realidad, pasaba gran parte de mi tiempo con el bastidor y el hilo de seda en la mano. También tejía lana, pero eso me aburría aún más. Me habían enseñado a cantar, aunque lo hacía bastante mal, y a bailar la pavana, la alemanda y las gallardas, con las que me defendía. Escribía con una letra clara, pero no muy bonita, y leía con corrección. Me defendía ante el tablero de damas y ganaba casi siempre al juego de la oca. Aquí acababa la lista de mis habilidades.

Sabía que en algún momento tendría que afrontar mis deberes como señora de mi propia casa, pero lo veía tan lejano como mi boda. ¿Podría llevarme conmigo a algún criado de confianza para que me ayudara? Ni siquiera me atrevía a preguntarlo. Mi suegra aún vivía, y cuando lo supo, mi madre respiró, aliviada.

–Ella os enseñará todo, sabrá qué le gusta a su hijo y cuáles son las costumbres de su casa. Tened paciencia, no preguntéis lo que no os quieran decir. En una doncella bien educada la curiosidad es un gran defecto. Obedeced a vuestra suegra como lo haríais conmigo y nunca tendréis problemas.

Esa era mi obligación principal como hija: desde niña me habían enseñado a obedecer, a ser paciente, silenciosa y humilde. Cuando me quedaba sola en mi habitación, recostada contra la pared, y escuchaba las conversaciones de los hombres más importantes de Toledo, me daba cuenta de que ni siquiera era capaz de cumplir con esa exigencia: no importaba cuánto intentara dominarla, mi curiosidad crecía de día en día. Había un mundo fuera de las paredes de mi habitación y de mi jardín al que yo no podía asomarme, pero que se colaba por las grietas de las piedras, y que yo me moría por conocer. Me sentía un poco avergonzada por la manera en la que engañaba a mis padres, pero prefería que no supieran que yo no era una doncella bien educada.

5. Cerremos la ciudad

No digo ninguna mentira si afirmo que me enteré del problema de la peste tan pronto como comenzó. Fue a finales de enero de ese mismo año de gracia de 1598: una mañana, después de una reunión con el corregidor, mi padre llegó a casa con la frente poblada de arrugas, y se encerró en su sala de despachos, sin almorzar ni dirigirnos la palabra. Dos horas más tarde ya había convocado en casa a sus hombres de confianza, y sus voces, más altas de lo habitual, subían por la chimenea tapiada de mi cuarto.

–La situación parece grave en el norte –dijo mi padre–. Se sospecha que la peste ha entrado de nuevo en Castilla por los puertos de Laredo, Santander y San Sebastián. Hablan de muchos muertos, y de una enfermedad parecida a la de hace veinte años; debemos tomar medidas cuanto antes.

–Grave o no, antes de actuar debemos asegurarnos de que sea la peste: acordaos del ridículo que hicimos el año pasado, cuando le prohibimos la entrada a Toledo al capellán real don Tomás de Liermo.

–Hicimos bien –contestó mi padre–. El capellán venía de Santander y allí había peste.

–Él dijo que venía de Burgos.

–Pues mintió. Los hombres santos también mienten, sobre todo cuando tienen miedo. De todas maneras, solo sufrió su orgullo, y no mucho: pasó una cuarentena de quince días en un cigarral, mimado y atendido, y se incorporó a su puesto cuando vimos que ni él ni nadie de su séquito enfermaba. Por eso insisto en la importancia de que mantengamos las murallas y puertas bien custodiadas y reparadas; si no, se nos colarán enfermos y contagiados, y la ciudad se convertirá en un cementerio.

–¿A qué precio, don Juan? Si cerramos la ciudad no habrá comercio, no daremos salida a nuestras mercancías ni acudirán a vendernos la comida que necesitamos. A vos no parece importaros nunca el dinero.

–Me importa el dinero como a cualquiera de vosotros, pero me preocupa más mi vida y la de los que me rodean.

–¿Qué haremos, pues?

–Vos, González de Herrera, os dirigiréis a Yepes para informaros secretamente de la situación allí, y después, si no hay novedad, haced lo mismo en Ocaña; vos, don Hernando, mi primo querido, partid a Villaharta. Haced preguntas con la mayor discreción, a los médicos, si puede ser, sobre qué tipo de enfermedades detectan, y cuántas personas han fallecido en los últimos dos meses. Que os digan también qué síntomas presentan y su gravedad. Posiblemente no os lo cuenten de manera directa, sed astutos. Espero vuestras noticias en unos días. Mientras tanto, prohibiremos la entrada a todos los que vengan de los puertos del norte, de Laredo y de Santander. Vosotros, señores regidores y jurados, seréis los responsables de las guardias: nos turnaremos. Todos los miembros del ayuntamiento formaremos parte de la ronda de vigilancia.

La información que trajeron González de Herrera y Hernando Hurtado fue desoladora: la peste ya se encontraba en los lugares a los que se habían acercado. Se prohibió la entrada a la ciudad a casi todos los forasteros que procedieran de Galicia y de Portugal, de Burgos y de Palencia. Por orden del rey se creó entonces una Comisión de Salud, que encabezaba un hombre de confianza de mi padre.

«Se acerca la peste –escribí yo en mi diario–. Quiera Dios que pase de largo por nuestra ciudad».

La Comisión fue implacable: se prohibió el uso de las barcas en el Tajo, e implantaron un uso de pases y de permisos para moverse por Toledo.

–Esto acabará con nuestra ciudad –se quejaban los comerciantes–. Si prohibimos las ferias, los mercados y el que entren o salgan nuestros productos, ¿cómo sobreviviremos?

Los que trabajaban el paño fueron los más afectados: media Toledo vivía de la venta de ropa nueva y la otra media de la usada, pero cuando los médicos indicaron que una de las fuentes de transmisión de la enfermedad eran las prendas de lana y paño, la Comisión de Salud fue implacable. Muchas de ellas se quemaron en hogueras, otras se encerraron bajo llave en almacenes fuera de la ciudad.

Mi padre logró que contrataran a varios médicos que conocían bien la peste y sus caprichos. Estos doctores vestían con ropas de cuero o de lienzo encerado, con botas altas, y llevaban una máscara con un largo pico como de ave en el que depositaban mirra, esencia de rosas y menta, para que no respiraran los vapores de los enfermos. Unas lentes ahumadas les protegían los ojos. Pronto comenzaron a llamarles *cuervos,* y muchos ciudadanos los evitaban si los veían por los caminos, porque tenían prohibida la entrada a la ciudad.

Los médicos atendían a todos, pobres, ricos, toledanos o forasteros. Los arrabales de Toledo, donde se apiñaban algunas familias muy humildes, casi todas ellas moriscas, eran las que los requerían más. A menudo no enfermaban de peste, sino que tenían otras dolencias, como la erisipela, que causaba hinchazón de piernas y que las mejillas y la nariz se hincharan y enrojecieran, y que a veces se confundía con la propia plaga. O tenían pulmonía y otros problemas respiratorios que necesitaban reposo y buenos alimentos. Los hospitales estaban abarrotados, y no aceptaban ya a más enfermos.

Mi padre no se reunía con los médicos, pero les pedía informes a diario, quién había enfermado y dónde, y arrugaba aún más la frente, preocupado, cuando veía que los números de afectados de los alrededores no dejaban de crecer.

Poco a poco se añadieron otras prohibiciones: no se podía vender fruta, en especial los melones de la tierra, ni pescados en salazón, ni leche que hubiera sido obtenida fuera de los límites de la ciudad. Se creía que estos alimentos agravaban la enfermedad y que se contaminaban con facilidad. Las calles eran barridas cada amanecer, para que no se juntaran desperdicios, y la basura se quemaba para no atraer a las ratas ni a los insectos. Cada dos días se regaban callejones y rincones con vinagre. Los gastos de la Comisión de Salud comenzaron a resultar astronómicos.

–No queríais la peste y no tenemos peste en Toledo. Y si queremos que esto sea así, no podemos actuar de otro modo –afirmó mi padre, cuando los enfurecidos señores le pidieron cuentas.

Una de las noches en las que se había acercado a caballo al norte de la ciudad, a las afueras, a comprobar el estado del hospital de la Orden de San Antón, en el cual atendían a los heridos y lisiados y comenzaban también a aislar a sospechosos de peste, escuchamos un alboroto en la calle, y los gritos de Ginés para que abrieran la puerta de caballerizas. Mi padre y su séquito llegaban al galope, sin sombrero y con un escudero herido.

–No ha sido nada –dijo mi padre–, no arméis escándalo. Nos ha atacado una banda de cuatro hombres, pero los hemos puesto en fuga, y solo tenemos rasguños. Serían ladrones mal informados que buscaban algo de beneficio.

–Don Juan no quiere asustarnos –nos dijo Mariquilla a mi madre y a mí, esa noche–, pero han sido más de cuatro y más de seis. Como es quien está detrás de las órdenes menos populares, y quien indica a los comisarios qué peticiones aceptan y cuáles no, algunos desesperados han intentado tomarse la justicia por su mano.

–Bendita sea Nuestra Señora –susurró mi madre.

–Rezad mejor a san Roque –contestó Mariquilla, con amargura–, que es el santo de los apestados. Si las cosas siguen así, invocaremos su nombre muchas veces.

El corregidor no reaccionó como esperábamos: aunque consideró que mi padre corría peligro, lejos de ayudarle, dijo que no podía destinar más hombres ni fuerzas para protegerlo. Las necesitaba para vigilar los accesos y repartir pan y sopa a los pobres, en parte porque le hacía falta recuperar la confianza del pueblo, y en parte porque mi padre había insistido en hacer caso a algo en lo que estaban de acuerdo todos los doctores: la peste se cebaba en los más necesitados y hambrientos. Si no había hambre, la plaga resultaba menos mortal.

La discusión entre ambos fue feroz.

–Decid la verdad –pidió mi padre–. ¿He perdido vuestro favor? ¿Por qué no queréis ponerme protección? Las calles y los caminos no son seguros, y necesito moverme con libertad dentro y fuera de Toledo. He de supervisar los hospitales, dar ánimos a quienes hacen guardia, que se encuentran cada vez más desmoralizados, asegurarme de que los vigilantes no aceptan sobornos y que no entra ropa y otros productos prohibidos de contrabando. Me las arreglaría con cuatro hombres, yo aporto otros cuatro.

–Vuestras medidas son impopulares, y quiero ciudadanos contentos. Habéis enfadado a ricos y a pobres: habéis prohibido el teatro, las procesiones... Ni siquiera permitís que haya vaquillas como entretenimiento. El pueblo se aburre. ¡No me extraña que os ataquen!

–Si algo sabemos es que a la peste le gustan las multitudes. El médico de la peste don Diego Anes de Mudarra está cuidando de los enfermos de La Puebla de Montalbán, y asegura que no hay peste en los conventos que han permanecido aislados.

–De todos es conocido que la peste se origina cuando Marte y Júpiter, que son planetas cálidos, se juntan en un signo. Los tenemos ahora en Géminis, y dicen los sabios que esa es señal segura de epidemia. ¿Qué podemos hacer frente a los astros?

–¡No creáis en paparruchas de magos y de farsantes! ¡Cerrad las ciudades! ¡Separad los barrios! No es coincidencia que la peste se cebe en las barriadas de los moriscos, que son los más pobres de los pobres, y en los mendigos. Los médicos aseguran que muchos de los contagiados están comidos por las pulgas, pero que la enfermedad no se da en los niños libres de picaduras.

–Dios Nuestro Señor nos ha mandado esta prueba en castigo a nuestros pecados. Si los pobres y los moriscos se ven más afectados, será porque son los que más pecan.

–¿Qué culpa tienen los niños pequeños de nacer donde nacen? ¿Qué pecado puede haber cometido un niño de meses? El auténtico castigo de los pobres es el hambre, la miseria y el abandono en el que los tenemos.

–Solo la amistad que os tengo me impide denunciaros por herejía. Señor don Juan, hacéis más falta fuera de Toledo que en la ciudad. Ya habéis organizado la Comisión de Salud, que funciona de manera eficiente. Ahora os pido que hagáis lo mismo en alguna de las localidades próximas que sufren ya la pestilencia, como un nuevo reto a vuestro valor.

–¡No podéis apartarme de esta manera, ni mandarme a un foco de peste como castigo! ¡No es culpa mía que los ricos se quejen ni que la plebe sea incapaz de comportarse con la disciplina debida y quiera fiestas en los momentos en que hace falta que estén confinados!

–¡Si no fuerais tan ambicioso, tan inhumano, no habría ninguna necesidad de apartaros!

–Si me mandáis a La Puebla de Montalbán, es seguro que moriré.

–Que muráis o viváis está solo en las manos de Dios.

Mi padre calló y de pronto entendió la maniobra.

–Me tenéis miedo. Creéis que aspiro a vuestro puesto, y que podría conseguirlo. Señor corregidor, si salgo vivo de esta me quejaré al rey, y veremos entonces quién aparta a quién.

–Señor Hurtado, sobrevivid primero y amenazad después.

El corregidor cumplió su amenaza, y dos días más tarde, a principios de junio, mandó a mi padre como inspector a La Puebla de Montalbán. La excusa fue que tenía sospechas de que sus autoridades le estaban ocultando algo y, como teníamos inversiones e intereses allí, mi padre debía emplear sus contactos para saberlo. Mi madre, muy pálida, decidió acompañarle.

–Sea cual sea vuestro destino, el día de nuestra boda decidí compartirlo. Los niños estarán más seguros en Toledo. Elena es ya una mujer y no me necesita aquí, y dejamos fieles y buenos criados que se encargarán del orden de nuestra casa. Nos hospedaremos en la casa de mi hermana, que se alegrará de vernos. Y hace tiempo que no sé nada de ella.

El día que se marcharon lloviznaba, unas gotas que no aliviaban la sequía de los campos pero que hacían la partida aún más triste. Me abracé a mi madre con tanta fuerza que se quejó.

–Controlaos, doña Elena. Por favor, no montéis una escena. Todos nos están observando.

A mi lado mi hermanito se miraba la punta de los pies y no decía nada.

–Obedeced a vuestra hermana y sed amable, don Diego. No quiero que me cuenten que habéis tenido alguna de vuestras rabietas.

–Sí, madre –dijo él, y me cogió la mano mientras ellos, sin mirar atrás, bajaban las escaleras.

Esa fue la última vez que vimos a mis padres.

El 22 de junio de 1598 cerraron La Puebla de Montalbán. La peste ya no distinguía a pobres ni a ricos. Durante esos meses murió la mitad de la población. Aun así, las cartas tranquilizadoras continuaron llegando. Mis tíos se encontraban bien, aunque la tía había caído enferma por la preocupación y los nervios, y se encontraba muy frágil. Mi prima doña Orofrisia se había casado en marzo, y vivía en la finca de su marido en Badajoz, a salvo de la peste. ¿Comíamos bien? ¿Se aseaba don Diego como se esperaba de un caballero? Ansiaban vernos pronto, y que no diéramos motivos de preocupación ni a Fadrique ni a Mariquilla.

El correo se interrumpió a mediados de julio. Después, nada. El silencio.

6. El monje

Mi hermanito se pegó a mí como si fuera mi sombra, y bajamos en silencio las escaleras que nos llevaban a la bodega. En la parte delantera de la casa, protegido por la tapia, quedaba el jardincito donde tantas veces nos habíamos sentado a disfrutar del aire libre con mi madre, y junto a él, el huerto que daba las manzanas para nosotros y para nuestro papagayo. Un poco más allá se alzaba el primer patio, sumido ahora en la oscuridad, y las puertas principales, que estaban cerradas a cal y canto.

–Espera un momento aquí –le susurré a don Diego, y coloqué su mano sobre una columna que le ocultaba bajo su sombra.

–¿A dónde vas?

–Volveré en un momento. ¡No te muevas!

De puntillas, incómoda con aquellos botos que me rozaban los tobillos, me deslicé hacia el segundo patio. Había recordado que hacía unos meses varios pastores de mi padre habían venido a la casa para recoger su paga y anunciarle que dejaban el puesto para marcharse al sur, a tierras más seguras. Mi padre había vendido los rebaños, y los zurrones que se llevaban los pastores para sus largas jornadas en el campo continuaban allí, a la espera de que los nuevos fueran contratados, porque era un útil de trabajo que el señor les facilitaba a los aprendices.

Lo sabía porque había escuchado a Ginés quejarse de que le correspondía a él regatear con los curtidores y comprarlos, y no entendía por qué los nuevos pastores no traían consigo su propio zurrón. En teoría, debían haberse guardado bajo llave en uno de los depósitos, pero Ginés los había acumulado, de mala gana, sobre un banco en el segundo patio, y Fadrique le había reñido por no quitarlos de allí solo unos días antes. Estaba segura de que Ginés se habría olvidado de ello tan pronto como se quitara de su vista.

Estaba en lo cierto. Allí, contra la pared, se encontraban los grandes bolsos de cuero, con el anagrama de mi familia, que yo les había visto en tantas ocasiones a los pastores y los vaqueros. Cogí uno de ellos y me lo crucé sobre el hombro y el pecho. Luego agarré otro y, con cuidado de no lastimar a Blanchete, lo crucé sobre el hombro contrario. Yo tenía que cargar con el de don Diego, y me di cuenta, según caminé dos pasos, de que eran más pesados y sobre todo más voluminosos de lo que imaginaba.

Regresé a la columna en la que me esperaba mi hermano y nos dirigimos hacia la bodega.

–Yo no puedo entrar ahí –dijo don Diego, según abrí la primera verja–. Hay cosas que me pueden hacer daño.

–Ya sé que eso es lo que te ha dicho tu nodriza, pero ella se refería a que no podías entrar en la bodega solo. Conmigo sí te está permitido.

Él negó con la cabeza.

–No, no. Si alguien me quiere dar algo de lo que hay aquí o intenta meterme aquí, yo no puedo, y debo gritar pidiendo ayuda.

Me desesperé.

–Don Diego, esa fue una orden que te dieron cuando eras muy pequeño. Pero ya hace mucho que cumpliste los seis años, ¿verdad?

–Sí –dijo él–. Ya tengo seis años.

–Entonces ya eres un niño mayor, y como vienes conmigo te está permitido entrar. Si te da miedo, cierra los ojos y yo te llevaré.

Después de una leve vacilación, asintió con la cabeza.

–De acuerdo. Pero con mi monje.

Dios mío, me había olvidado del monje. Tenía que haber previsto que don Diego no iría a ninguna parte sin su monje.

Cuando volvió de uno de sus viajes a Madrid, el mismo en el que se determinó mi compromiso, mi padre le trajo un muñeco de unos tres palmos, con la apariencia de un monje franciscano, que imitaba la apariencia de un famoso autómata que el relojero Juanelo Turriano le había construido a nuestro señor el rey Felipe II. La diferencia era que el auténtico monje abría y cerraba la boca y los ojos, y movía un crucifijo que llevaba, y que el muñeco de marfil de don Diego no hacía nada de aquello.

El niño se entusiasmó con su muñeco, tanto que había tenido que remendar ya dos veces el sayo que llevaba, porque lo arrastraba consigo donde fuera. ¿Cómo había pasado por alto llevárnoslo?

–¿Dónde lo has dejado, don Diego?

–En mi cama...

Me despojé de los dos zurrones, enrollé el asa de uno de ellos a la muñeca de mi hermano y le apoyé de nuevo la mano contra la pared. Él sabía que era la señal de que no debía moverse.

–Volveré en un momento. Por favor, no llores, no tardaré nada.

Atravesé los patios y corrí escaleras arriba lo más rápidamente que pude. El muñeco estaba escondido bajo la almohada de don Diego, y cuando me acerqué para cogerlo sonaron las campanas de la Iglesia de Santo Tomé. Se me escapó un grito sobresaltado y me tapé la boca. Nada. Después de las diez campanadas todo quedó en silencio. Debíamos salir de allí antes de que subieran a comprobar si dormíamos o de que ellos mismos se retiraran a sus camas. La nodriza de mi hermano dormía en un lecho bajo en su misma habitación, con lo que contábamos con muy poco tiempo antes de que descubrieran que habíamos desaparecido.

Don Diego no se había movido ni una pulgada de donde lo dejé. Cerré la bodega por dentro, mientras él agitaba su muñeco y me lo enseñaba con las dos manos.

–Muy bien, ya lo veo, qué monje tan bonito. Ahora dame la mano y vamos a la cueva que te prometí.

–No.

Mi madre le había dicho que si dejaba caer el muñeco y lo rompía no tendría otro de recambio, de manera que don Diego se aferraba al monje con las dos manos, contra su cuerpo. El pobre niño solo hacía lo que le habían enseñado, y una vez que había aprendido un hábito resultaba casi imposible cambiarlo.

–Ven, entonces camina delante de mí.

Llegamos hasta la segunda verja, que abrí con la llavecita secreta. Después busqué el resorte del lateral, que se abrió bruscamente pero en silencio.

–¡La cueva! –gritó don Diego, y el eco de la bodega amplificó su voz.

–Sí, la cueva, pero debemos ser muy silenciosos para que el mago que nos persigue no nos descubra, ¿recuerdas?

–Shhhhhh –dijo.

–Eso es, shhhh –repetí yo, mientras me aseguraba de cerrar la segunda verja pese a la penumbra de la bodega, que apenas permitía pasar la luz de unos ventanucos muy altos.

Entonces, con un escalofrío, me di cuenta de dos cosas. El pasadizo era demasiado estrecho para que llevara los dos zurrones. A duras penas cabía yo con uno de ellos cargado a la espalda. Abrí el que parecía más pequeño y arrojé dentro del otro todo lo que vi que fuera de utilidad: había dos mendrugos de pan, algo de queso, una navaja, unas correas y unos cuantos cencerros –que dejé allí–, un cuerno de vaca que no me pareció de utilidad, cordel, una bota vacía que me pareció adecuada para llevar agua, y algunos pañuelos de lienzo. Escondí el zurrón entre dos de los barriles, con la esperanza de que a nadie se le ocurriera mirar allí. En todo caso, aunque lo vieran, aún tendrían que forzar la verja de metal y dar con el mecanismo secreto.

La segunda cuestión era aún peor; había olvidado el consejo de mi padre de llevarme un candil, y el pasadizo se abría ante nosotros, negro como boca de lobo, y, por lo que yo sabía, era largo, muy largo. ¿Qué pasaba si había alguna bifurcación que no veíamos, o si el camino estaba cegado por algún desprendimiento? No me veía con fuerzas para buscar de nuevo un candil en el piso superior, y no sabía dónde guardaban el de la entrada de la bodega. Hacía ya un rato que habían sonado las diez y en cualquier momento alguien podría dar la voz de alarma.

–Cierra los ojos –le pedí a mi hermano– y camina delante de mí. No te preocupes, yo estaré a un paso de tu espalda.

–No tengo miedo –dijo él–. Tengo al monje.

–Eso es verdad –concedí–. Tienes a tu monje.

Entramos en el túnel. Con toda la precaución posible tiré de la tapa del dispositivo hacia mí: cerró casi sin ruido, y nos dejó en completa oscuridad. Entonces supliqué a san Roque, al que había rezado a diario desde el inicio de la peste, que nos protegiera y que no tuviéramos que regresar. No se veía absolutamente nada y no tenía ni idea de si sería capaz de abrir desde dentro la tapa del barril.

7. El pasadizo

Caminamos a tientas durante lo que pareció un siglo: las paredes, que al principio nos resultaban frescas y agradables por contraste con el calor de nuestra habitación, pronto se volvieron frías, y después, por la proximidad del agua subterránea, húmedas.

–¿Puedes cantar algo, don Diego? –le pedí, cuando consideré que ya nos habíamos distanciado lo suficiente. Ni siquiera cuando mi vista se acostumbró a la oscuridad se veía nada. Las dos paredes a nuestros costados nos servían de referencia, porque fuera de eso no había nada, ni arriba, ni abajo.

En algunos tramos me pareció notar que algo vivo y peludo se escurría entre mis pies. Creí morirme de asco, porque además de la repugnancia que sentí siempre hacia ellas, las ratas me daban mucho miedo desde que comenzó la peste. Mi padre las aborrecía y las consideraba portadoras de enfermedades y de desgracias, y había emprendido una guerra contra ellas desde el inicio de la plaga: donde había ratas había pulgas, y donde había pulgas había enfermedad.

Pero Blanchete, que las odiaba aún más que yo y les ladraba con desesperación, permanecía calentito y silencioso contra mi pecho, con lo que preferí pensar que habían sido imaginaciones mías.

El pasadizo continuaba serpenteante ante nosotros, y de vez en cuando tomaba un ángulo recto que hacía que nos diéramos de bruces con la pared; pero por suerte no parecía que hubiese otros ramales ni posibilidad de perdernos.

–¿Cuánto más debemos seguir?

–No lo sé, un poco más. Sigue cantando. Me gusta mucho esa canción.

En un momento dado noté que el techo se acercaba a mi cabeza. Me encorvé, pero la altura continuaba disminuyendo, hasta que tuvimos que continuar a gatas, con el zurrón enganchado a mi pierna. Mis rodillas estaban bien protegidas, pero no se me había ocurrido llevar conmigo unos guantes, y pronto comencé a notar arañazos en las manos. No quise ni pensar en cómo las tendría mi hermanito. «Un paso detrás de otro –pensé–, esto no puede durar eternamente».

Un poco más adelante se veía una claridad lechosa, un pequeño manchón blanco entre tanta oscuridad. Cuando nos acercamos vi que había dos huecos a ras de suelo en la pared de la izquierda, posiblemente dos respiraderos en la roca. Me tendí sobre mi vientre para mirar y vi que lo que se encontraba al otro lado del hueco era un callejón con algunas casas, pero no fui capaz de reconocerlo. Es decir, aún nos encontrábamos en la ciudad, y el pasadizo nos había elevado hasta el nivel de la calle.

Oí, muy lejanas, algunas voces, quizás las de los vigilantes que patrullaban esa noche, y también en la distancia, el ladrido de un perro. Blanchete, que hasta entonces había sido un bulto más, se removió, asomó la cabeza y enderezó las orejas.

–Blanchete, quieto –susurré.

No me hizo caso. Saltó, o más bien se dejó caer desde mi pecho al suelo, y echó a correr desde el pasadizo hasta el centro de la calle. Cabía perfectamente por el hueco entre las piedras. Me quedé paralizada.

–¡Blanchete! ¡Ven! –dije, todo lo alto que me atreví.

Se volvió hacia mí, moviendo la cola, como si esperara que lo siguiera; pero aunque apenas a tres metros de él, yo estaba atrapada en un agujero en la roca, y por aquella grieta apenas podía sacar el brazo sin que se quedara encajado.

–¡Ven! –le pedí, mientras comenzaba a llorar.

Oí más ladridos, y Blanchete contestó, enfadado, y lo vi correr disparado hacia el extremo de la plaza y perderse entre las calles laterales. Luego, lejísimos, escuché cómo disputaba con otros perros, con su ladrido agudo e inconfundible. Esperé un rato, mientras me tragaba las lágrimas e intentaba que mi hermano no me escuchara sorber, hasta que asumí que Blanchete no volvería, y que en todo caso aparecería por la mañana en la puerta de la casa de los Hurtado, como había hecho alguna vez en la que se le había escapado a algún criado.

–¿Podemos seguir? –me preguntó don Diego, al cabo de un rato.

–Sí –respondí–. Sí, Blanchete se ha ido a jugar con unos amigos y luego nos buscará. Vamos, debemos continuar.

El pasadizo volvió a permitirnos que camináramos de pie, y se ensanchó. Mis pies comenzaron a chapotear primero en barro y luego en agua, y me imaginé que habíamos entrado en el canal que, muchos siglos antes, había formado parte del acueducto con el que los romanos abastecían de agua nuestra ciudad. Ya no podíamos estar demasiado lejos de la salida.

Puede que así fuera, pero desde ese momento el recorrido, que había sido fácil, se complicó: un gorgoteo de agua se colaba por algún lugar del pasadizo, y me producía la terrible sensación de que alguien se aclaraba la garganta delante de mí o inmediatamente detrás. En algunos tramos el agua, estancada, olía de manera indescriptible; además, algún animalillo debía haberse colado y muerto allí. El hedor se coló por mi garganta y llegó hasta mi estómago, y me causaba arcadas. Me llevé la mano a la boca e intenté contenerlas.

«Ten valor», me había dicho mi padre, y comenzaba a comprender a lo que se refería. Todos mis miedos hasta entonces habían sido infantiles: temía que mi madre, la nodriza o mi padre se enfadaran conmigo; tenía miedo a las arañas, y a la Tarasca, un monstruo de dientes afilados y lomo cubierto de escamas erizadas, con garras de oso y el caparazón de una tortuga, que si no me dormía cuando debía, vendría a por mí, a devorarme. Con más frecuencia sentía enfado, o decepción, y sobre todo me aburría. El aburrimiento había sido mi compañero más fiel desde que recordaba. Pero ¿miedo? Salvo a la peste durante los últimos meses, ¿a qué debía tenerle miedo yo, que vivía protegida en mi casa, arropada por mi apellido, por el dinero de mi padre y la dignidad de mi madre?

«Un paso de cada vez», me repetí, y cogí de la mano a don Diego, porque el túnel nos lo permitía en aquel momento. El mal olor se atenuó un poco, pero el aire continuaba pesado, viciado, como si fuera a acabarse en cualquier momento. Un poco más adelante pisé gravilla y piedras sueltas; el pasadizo, pude comprobar al palparlo, se había desmoronado en parte, y la pared derecha se encontraba deshecha, pero no lo suficiente como para cerrar el camino. Pisamos con cuidado sobre los escombros y continuamos un poco más.

Esperaba que mi hermanito tuviera fuerzas para continuar por sí mismo el trecho que nos quedaba. Pesaba ya mucho, y no sabía cuánto tiempo podría llevarlo en brazos. Además, eso supondría abandonar el zurrón, que, en aquel momento, era todo lo que teníamos en el mundo, aparte de unas pocas joyas de escaso valor.

Entonces sentí una ráfaga fresca en el pelo y en las mejillas. No cabía duda: el túnel salía al exterior y una brisa ligera se llevaba el polvo y las miasmas que habíamos respirado en el último tramo. El suelo volvió a tener una consistencia seca, arenosa, y tras dos recodos más salimos a la superficie, bajo la noche estrellada pero sin luna de verano. El pasadizo se abría con una brecha en la pared izquierda, y tal y como me había prometido mi padre, nos encontrábamos fuera de la ciudad, en un pequeño claro protegido por altos riscos de peñas. Debíamos salir ahí sin ninguna otra opción, porque desde ese momento el túnel se sumergía de nuevo en la montaña y un derrumbe lo había taponado.

Nunca en mi vida había agradecido tanto algo tan humilde como el aire. Me senté sobre una roca, agotada, y abracé a mi hermano. No era capaz de calcular cuánto tiempo habíamos pasado dentro del túnel, pero aunque aún no amanecía, debía ser bastante. Habíamos pasado al otro lado con la mitad de los utensilios que yo preveía, sucios y sin

Blanchete. ¿Qué sería de mi perrito? ¿Dónde estaría? ¿Lo rescataría alguna niña que, como yo, se entusiasmara con lo bonito y lo blanco que era? ¿Quedaba alguien con buen corazón que se preocupara de un perro en mitad de la plaga de peste, o se uniría a una jauría callejera y aprendería a sobrevivir con ellos, como a nosotros nos tocaba hacer?

Me prometí que no volvería a pensar en él. Si lo hacía, me dolía tanto el pecho que no podía respirar, y don Diego necesitaba que me ocupara de él. La vida que parecía cotidiana y normal hacía tan solo unas horas no existía. La doña Elena que confiaba ciegamente en quienes le rodeaban, que dormía en colchones de plumas y con una esclava que abanicaba sus sueños en las noches de calor, había desaparecido.

–¿Puedo abrir ya los ojos, doña Elena?

–Claro que sí.

Bendije la inocencia de mi hermano, y me prometí que intentaría conservarla. Para él la felicidad se encontraba donde estuvieran su monje y su hermana. Si él no necesitaba más, yo aprendería a vivir sin otra cosa.

–Vamos a dormir hasta que amanezca, ven.

Busqué un espacio resguardado por las rocas y nos envolví en mi manto. El zurrón nos serviría de almohada. Por la mañana ya tomaría las decisiones pendientes y sería capaz de pensar con más claridad. Me moría de sueño, y estaba agotada.

Entonces, cuando ya estábamos tendidos y casi me había dormido, recordé que la Tarasca de las historias que mi nodriza me contaba habitaba justo allí, en las riberas del Tajo.

II
LA CUEVA

8. Pan negro

Pensé que me despertaría con el alba, pero el sol estaba ya muy alto en el cielo cuando logré abrir los ojos. Había avanzado tanto que sus rayos comenzaban a rozar mi pierna, pese a que estuviéramos escondidos detrás de una roca, y el calor me espabiló.

Puse en pie a mi hermano y revisé con cuidado cómo se encontraba. Estaba sucio, con las ropas manchadas de barro y hierba, y la cara ennegrecida, salvo por unos regueros más claros de lágrimas y mocos. Tendió el brazo hacia mí y me señaló la cabeza. Me llevé la mano al cabello y solté un grito. Tenía el pelo cubierto de telarañas, que me sacudí con asco, mientras agradecía haberme recogido el moño con tanto cuidado.

Inspeccioné el manto y mis ropas, porque no podía apartar la idea de que una araña se hubiera colado por algún lugar. Tenía también barro y porquería en los botos, y restos de lombrices. Por primera vez di gracias a la oscuridad del día anterior. Al menos, no habíamos visto los horrores que nos rodeaban.

Bajamos entre las rocas hasta la ribera del río, y allí, con uno de los pañuelos del zurrón, le lavé la cara a mi hermano y también me aseé un poco yo. Llené la bota de agua, y me dispuse, una vez instalados a la sombra, a preparar lo que fuera nuestro desayuno.

El niño estaba acostumbrado a la leche de cabra con pan desmigado con miel. Pensé que no sería demasiado difícil que encontráramos algún cabrero que aún tuviera rebaño más allá del río y que pudiera darnos un poco de leche. Los rebaños de cabras solían ser más pequeños que los de ovejas, y dado que las cabras comían cualquier cosa, hasta los hierbajos que las ovejas rechazaban, habían continuado itinerando sin tanto control. Con la miel poco podía hacer, pero contaba al menos con agua fresca y con pan.

Abrí el zurrón y encontré un cuenco de madera, una cuchara y un currusco mediano. El mendrugo se encontraba mucho más seco que el que nos servían para desayunar, con lo que primero tuve que remojarlo y luego cortarlo en trocitos, como pude, con la navaja. Algunos de los cortes que me había hecho en la cueva el día anterior estaban rojos y un poco hinchados, y eso no ayudaba a que me diera mucha maña con la navaja, que era grande y tosca y que apenas sabía manejar.

Cuando por fin puse el cuenco con el desayuno ante mi hermano él torció el gesto.

–No me gusta.

–Pruébalo. ¿Cómo puedes saber que no te gusta si ni siquiera has comido una cucharada?

Obediente, se llevó la cuchara llena a la boca y me miró con la misma expresión de desagrado.

–No me gusta.

No me extrañaba. En lugar de su bonito plato hondo de porcelana blanca con dibujos azules, donde pescaba los trocitos de pan en la leche calentita perfumada con miel y un poquito de azafrán, yo le ofrecía aquí un cuenco de madera oscura en la que flotaban unos pedazos toscos de pan negro, aún resecos, con agua fría. Comí un par de cucharadas y yo misma desistí.

–No te preocupes, mañana encontraré algo mejor –le prometí, mientras arrojaba el desayuno entre las zarzas–. De momento, tenemos queso.

Tampoco nos gustó el queso que encontramos envuelto en un paño, amargo, fuerte y de nuevo demasiado duro comparado con las porciones ricas y cremosas a las que estábamos acostumbrados, pero comimos lo suficiente como para acallar el hambre.

Mientras tanto, revisé el resto del contenido del zurrón. Resultó que había otro cuerno de vaca idéntico al que había desechado, y que en su interior encontré, muy bien protegidas, una piedra de pedernal, otra con apariencia metálica y bastante yesca. Yo sabía que aquellos tres elementos recibían el nombre de *lumbre* y que servían para hacer fuego, y aunque nunca los había usado, sí había visto cómo lo hacían las criadas. Lamenté mucho haber dejado atrás el otro cuerno, pero ¿quién podía imaginarse que alguien guardaría cosas tan útiles en el interior de un cuerno de vaca?

Había también un gorro de lana, que enseguida le puse a don Diego, aunque le quedaba tan grande que casi le tapaba los ojos. Como yo de niña, mi hermano tenía el cabello rubio, los ojos claros y la piel muy blanca, y el sol le quemaba con mucha facilidad. Además, le limpié con cuidado las manos, y comprobé que los calzones hubieran soportado el largo camino de rodillas.

Envueltos con el gorro salieron un par de guantes que me puse inmediatamente. Eran grandes, pero estaban bien confeccionados, y pensé que me sacarían de más de un apuro. Don Diego abrazó a su monje y se sentó a mi lado, listo para que le dijera lo que haríamos a continuación.

Lo cierto es que no sabía muy bien qué contestarle: mi urgencia por sacarnos de aquella casa había sido tan grande que solo había planificado la huida y la llegada al fin del pasadizo. ¿Qué pasos debía dar a continuación?

Podíamos volver a Toledo, y entregarnos a los guardas, pedirles que nos llevaran ante el corregidor y suplicar amparo. Pero hasta donde yo sabía, mi padre había caído en desgracia, y no creía que el corregidor nos mostrara ninguna simpatía. A esas alturas, los criados habrían descubierto nuestra fuga y llevarían horas buscándonos. Quizás habían abandonado ya la casa, o, por el contrario, sin nosotros se habrían adueñado de ella. De ninguna de las maneras podríamos regresar. Eso, contando con que en el mejor de los casos nos dejaran entrar en Toledo, que estaba ya cerrada por la peste.

Podíamos dirigirnos hacia La Puebla de Montalbán, donde estaban nuestros padres y nuestros tíos; pero esa era la opción que menos me gustaba. ¿Cómo atravesaríamos los controles, si nadie podía entrar ni salir? Y, en el caso improbable de que nos dejaran entrar, ¿no era condenarnos a morir de peste? ¿Quién me decía que, después de todo ese esfuerzo, mis padres y mis parientes no habían fallecido ya?

Podíamos enfilar hacia nuestra finca de Cabañeros, y que nos acogieran los guardeses que la custodiaban, si aún seguían allí. Pero no sabía los caminos; solo sabía que se encontraba a dieciocho leguas de Toledo, hacia el sur, y nadie nos esperaba.

Descarté dirigirnos a Madrid y pedir ayuda a la familia de mi prometido por el mismo motivo: sin duda encontraríamos por el camino a Madrid con quién viajar, pero ¿cómo fiarnos de ellos, de que no fueran ladrones, o malas personas, o aún peor, que no estuvieran contagiados? Quien fuera que nos viera se encontraría con una muchacha y un niño diferente que fingíamos ser quienes no éramos. Y si no a mí, a don Diego se le escaparía alguna pista que nos delataría. Mi madre siempre había tenido pavor a que en los viajes que hacíamos nos raptaran y pidieran rescate a mi padre por nosotros. Yo, en mi interior, me reía de ella. Esas eran cosas que ya no ocurrían. ¿Quién iba a raptarnos? Pero de pronto entendí lo que mi madre quería decir. De hecho, lo peor que nos podía ocurrir no era que nos raptaran.

Aun así, tendríamos que arriesgarnos a dar un paso en una dirección u otra. Quizás con la promesa de una recompensa algún alma buena nos guiaría hasta un lugar seguro. Cogí a mi hermano del brazo y buscamos, entre las peñas, un sendero que nos bajara hasta el camino más próximo. Cuando llegáramos allí, el azar decidiría por nosotros.

Entonces, unos cien metros por debajo de nuestros pies apareció una de las calzadas que conducían hacia Toledo. La ciudad se alzaba a lo lejos, pequeña como una miniatura. Algunas figuritas sueltas llevaban su camino en una única dirección, lejos de Toledo.

Desde donde nos encontrábamos podíamos ver con comodidad a los viajeros sin que ellos nos detectaran. Dejé a mi hermanito con el zurrón y su muñeco y le tomé prestado el gorro, ya que él estaría a la sombra y el sol caía con toda su intensidad.

El primer grupo que pasó estaba compuesto por un hombre mayor y otro algo más joven que parecía ser su hijo. Intenté escuchar su conversación, pero no cambiaron una sola palabra, ni había nada en su aspecto que me revelara si eran dignos de confianza o no.

Mucho más tarde caminaron por esa misma senda un puñado de jóvenes mal vestidos, que gritaban y reían mientras avanzaban. Recordé que mi padre había dicho que si la peste entraba en la ciudad, antes o después liberarían a los galeotes, los criminales que por sus delitos eran condenados a remar en las bodegas de los barcos del rey. En Toledo quedaban muchos encerrados en las cárceles, porque la ciudad funcionaba como el punto de concentración de todos los galeotes procedentes de Galicia y de las dos Castillas antes de irse para Cartagena o Almadén, y mi padre temía que se convirtieran en un foco de la enfermedad.

Eso había provocado otra discusión con el corregidor.

–Son criminales, ¿qué más da lo que les pase? El ser humano se equivoca constantemente y cae en el robo, la estafa... Siempre habrá abundancia de delincuentes.

–Las cárceles, mi señor corregidor, son un hervidero de enfermedades en tiempos normales. En tiempos de peste una pequeña chispa prende el fuego. Sacad a los galeotes de las cárceles de Toledo y mandadlos al castillo de San Cervantes, que curen allí sus enfermedades y heridas, y que les den pan y vino. Si no, perecerán primero ellos y después nosotros.

–¿Sabéis lo que le costará ese pan de los galeotes a la alhóndiga pública, don Juan?

–Yo lo pagaré de mi bolsillo.

Mi padre se salió con la suya, pero no sin la amenaza de que no podrían continuar eternamente en el castillo; algún día el gasto sería insostenible y el alcaide del castillo los soltaría, para que se buscaran la vida. Ya volverían a atraparlos cuando la peste pasara.

Los dejé pasar sin moverme, sin decir una palabra. Sabía que muchos de ellos estaban presos por deudas, y no por delitos de sangre, pero me quedé paralizada. Mi padre decía que no había ser humano en el mundo más digno de lástima que alguien que había perdido la libertad, pero aquellos hombres parecían estar buscando venganza, y no quería cruzarme en su camino.

9. Aldonza y sor Marta

Cuando pensé que mi espera no obtendría ningún resultado escuché unos cantos que procedían del camino, y vi a un grupo de mujeres con hábito de monja que avanzaban muy despacio. La razón de que caminaran con tanta calma es que llevaban a dos de ellas en angarillas. Cuatro hermanas, cada una en uno de los extremos de la camilla, llevaban el peso de las enfermas.

Me incorporé. Me acerqué con cautela hasta el borde de mi mirador, y en ese momento la monja que abría la marcha dio orden de que pararan y refrescaran a las enfermas con un poco de agua. Entonces aproveché para gritar:

–¡Ave María Purísima!

Varias de las monjas se sobresaltaron, y dos de ellas gritaron, sin saber de dónde venía mi voz. La que estaba al mando me localizó rápidamente. Recuperó la compostura y contestó:

–Sin pecado concebida. Casi nos matas del susto, niña.

–Os pido perdón, hermanas. Estoy muy necesitada de ayuda y por eso me he atrevido a molestaros.

–¿Quién eres, y por qué te ocultas?

–Soy Aldonza Lope –dije–, labradora en las tierras del conde de los Arcos. Me he quedado sola con mi hermano menor, y busco con quién ir hasta un lugar un poco más seguro que este.

La monja soltó una carcajada que me pareció muy poco propia de una mujer de una condición tan santa.

–¿Estáis contagiados tu hermano y tú?

–No, no tenemos ningún rastro del mal.

–Entonces no te acerques a nosotras. Somos las monjas del convento de San Clemente. Hace unos meses nos pidieron que fuéramos a cuidar a nuestras hermanas que residían en el convento cisterciense de Santa María de la Huerta, porque algunas habían caído enfermas. Varias de nosotras atendimos a esa súplica y viajamos hasta allí en junio. Éramos cincuenta monjas. Ahora, estas quince que ves conmigo somos todas las que quedamos, y varias de nosotras no llegaremos a mañana.

Sin darme cuenta, di un paso atrás.

–Nos dirigimos al hospital de San Lázaro para que nos atiendan. Las que aún estamos sanas podemos ayudarles allí. Pero no puedes venir con nosotras, ni tú ni tu hermano, si es que existe.

–Claro que existe. ¿Por qué decís eso?

–Porque tengo claro que ni tú te llamas Aldonza ni eres labradora.

Me rehíce enseguida.

–Hermana, no os burléis de mí. Soy una pobre huérfana, por nombre Aldonza Pérez...

–¿No era Lope? –dijo otra de las monjas, con suavidad, y todas se echaron a reír. Bajo los hábitos podía adivinar que estaban en los huesos, y las dos que llevaban en las camillas estaban amarillas como la cera, pero pese a todo parecían amables e incluso de buen humor.

–Yo...

–No nos digas tu nombre si no quieres –dijo la que parecía ser la superiora–. Tus razones tendrás. ¿Cómo podemos ayudarte?

–No tenemos a dónde ir. Toledo se encuentra cerrada, y nuestros padres desaparecieron hace dos meses en La Puebla de Montalbán. Hemos escapado de nuestra casa porque no podíamos fiarnos de nuestros criados y apenas tenemos comida.

–Nosotras tampoco, o la compartiríamos con vosotros.

Una de las monjas enfermas susurró algo. Una de las porteadoras se inclinó para escucharla mejor.

–Sor Asunción tiene una idea, madre reverenda.

–Bienvenida sea.

–La cueva de Santa Marta.

La superiora reflexionó un momento, se acercó a la monja enferma y escuchó lo que le decía en un susurro. Le acarició la frente y luego asintió.

–Es una idea muy buena, y hasta en momentos como estos sor Asunción se olvida de ella misma para prestar ayuda a los demás. Escucha, niña, Aldonza, o como sea que te llames. ¿Tienes buenas piernas?

–No lo sé. No he tenido que usarlas nunca –reconocí.

–Esperemos que sí, porque el camino que te indicaré las necesita. Mira –señaló hacia el oeste–. ¿Ves ese risco que parece un monje con su casulla, allí, recortado contra el cielo?

La silueta que indicaba se veía perfectamente.

–¡Sí!

–Ahora sigue mi brazo hasta que veas otra roca que se asemeja a ese mismo monje de rodillas. ¿La encuentras?

Una vez que ella la señalaba, resultaba imposible no verla.

–Camina hacia la primera, de tal manera que siempre veas el risco de la casulla de la misma manera. Si te desvías demasiado al este perderá su forma, si vas demasiado al oeste también. Cuando hayas caminado cuatro o cinco horas y tengas al monje que reza de frente, verás hacia lo alto un punto negro. Si subes hasta ahí, encontrarás la cueva de Santa Marta. Es un buen sitio para quedarte unos pocos días protegida del sol y de todos los peligros que nos acechan.

–¿Y Santa Marta me dejará quedarme?

Las monjas rieron de nuevo.

–Espero que sí, lleva más de seis años en la gloria del Señor. Sor Marta era una de nuestras hermanas, pero un día decidió que nuestra vida resultaba demasiado cómoda para ella, y pidió permiso para ser eremita. Encontró una cueva y durante el resto de su vida se dedicó a la oración y a la vida en soledad. En todo ese tiempo vino a vernos dos veces, y nos indicó dónde estaba, por si algún día alguna de nosotras quería seguir sus pasos. No te preocupes, solo nosotras, y quizás algún pastor, sabe dónde está. ¿Sabes escribir, Aldonza?

–Por supuesto –contesté, con demasiada rapidez. Aldonza Pérez no sabría ni siquiera firmar con sus iniciales.

–Si nos das un mensaje, haremos lo posible por llevárselo a quien nos digas. Nos quedaremos extramuros de Toledo, pero los monjes y los médicos entran y salen, y antes o después darán con alguien a quien conoces.

Dudé un momento. ¿A quién podría mandar un mensaje que no me pusiera en peligro, o que no cayera en manos de Fadrique?

–¿Podría ser alguien de Madrid?

–Bueno, nos costará rezar un poco más por ese milagro, pero podemos intentarlo.

–¡Esperad un poco, por favor! –grité, y salí corriendo hacia donde me esperaba don Diego con mis cosas. Arranqué una de las hojas de mi diario, y con el borde del carboncillo que empleaba escribí este mensaje:

«Soy doña Elena Hurtado López de Ayala. Conmigo viene mi hermano don Diego. Tuvimos que huir de nuestros malvados criados el 6 de agosto, porque buscaban nuestra muerte. Estamos sin amparo ninguno, sin nadie que nos ayude, en los caminos. Si seguís honrando la palabra de casamiento que le disteis a mi padre, preguntad a estas buenas monjas y salvadnos».

Luego lo doblé sobre sí mismo y escribí con letras mayúsculas:

«Al ilustre señor don Jerónimo de la Torre de Esteban Hambrán».

Corrí de nuevo junto a las monjas, que esperaban sentadas en el borde del camino.

–Voy a bajar –advertí, y busqué la manera de descender desde los riscos hasta donde ellas estaban. A muchos metros de distancia les dejé un pequeño paquete, la carta, y sobre la carta una piedra para que no se la llevara el viento. La superiora aguardó hasta que subí de nuevo. Luego cogió la carta, abrió el paquete y esbozó una sonrisa.

–Muchas gracias, Aldonza. Te prometo, por la salvación de mi alma, que haré todo lo posible para entregarle esta carta a este caballero. Diré su nombre a todas mis hermanas, para que si yo falto, ellas se encarguen de hacérsela llegar. Y a él y solo a él le revelaremos dónde os ocultáis tú y tu hermano. Id con Dios.

–Quedad con él, hermana.

Las vi marchar muy despacio, para que las hermanas enfermas no sintieran los golpes y las oscilaciones del camino, y durante mucho tiempo se escucharon sus cantos en latín, como una nube que se elevara perezosa desde el Tajo. Regresé donde mi hermano y me lo encontré dormido, y con hambre.

Les había dado a las monjas lo que nos quedaba de queso, envuelto en otra hoja de mi diario. Ahora no teníamos nada más que los mendrugos de pan y un poco de sebo envuelto en una hoja de parra, pero quería darles algo a cambio del tesoro que me habían entregado: me habían devuelto la esperanza.

10. El campo de melones

Emprendimos el camino hacia la cueva de Santa Marta inmediatamente. Si se encontraba tan lejos como me habían indicado, corría el riesgo de que se hiciera de noche y no encontrara la entrada de la cueva, o que fuera incapaz de distinguir la casulla del monje en la oscuridad. Además, ninguno de los dos estábamos acostumbrados a caminar por el monte, y las piernecitas de mi hermano eran cortas y bastante inestables.

Yo sabía que estaba hambriento, pero no se quejó. Solo una vez, cuando llevábamos ya un buen rato caminando, señaló hacia una de las laderas en silencio, y yo abrí mucho los ojos. Allí, sin nadie que lo vigilara ni muro que lo escondiera, se extendía un campo de melones bastante grande. Algunos de ellos estaban picoteados por los pájaros, pero la mayoría parecían intactos y maduros. Recordé que hacía ya semanas que habían prohibido que se vendiera fruta de los alrededores de Toledo en la ciudad, en especial los melones que daban fama a la zona.

Imaginé que el dueño no se había molestado en subir hasta allí, un campo soleado pero bastante inaccesible, si sabía que no obtendría beneficio. O quizás se encontraba entre los que habían caído ya con la plaga. El melón no era, ni mucho menos, mi fruta preferida, pero corté un par de tajadas con la navaja, le pasé la más grande a mi hermano y devoré la otra como si fuera un manjar. Desde la cena del día anterior no había comido nada más que un poco de pan seco y unos sorbos de agua, y las tripas me rugían.

Oí a don Diego decir: «Ay», pero antes de que pudiera decirle que no había otra cosa para comer, calló de nuevo, y yo continué comiendo hasta que me harté. El melón era una comida para pobres, que pocas veces aparecía en la mesa de mis padres, y sabía que a él tampoco le entusiasmaba, pero no teníamos elección.

–Es culpa mía –dije para mí–. Tendría que haberme colado en la despensa y haberme hecho con unos higos pasos, con algunos panes y con tocino, pero me dio miedo que me sorprendieran. Si hubiera sido más prevenida...

–¿Quién te iba a sorprender? –preguntó don Diego.

–Nadie. No te preocupes. Esto es toda una aventura, ¿verdad? Como te prometí.

Asintió sin mucho entusiasmo. El pobrecito volvía a tener la cara manchada de polvo y de tierra. Nos limpiamos las manos en la hierba, cogí el medio melón que no habíamos comido y otro para el zurrón, y así, cargada como una mula, continuamos el camino hasta la cueva.

Hubo un par de ocasiones en las que creí que me había perdido: las formas de las rocas se confundían las unas con las otras, y teníamos que hacer descansos constantes porque el niño se cansaba y se negaba a continuar. Por fin vi el punto negro, que se agrandó poco a poco hasta mostrar la entrada de una cueva que parecía bastante profunda, protegida por los arbustos y con un buen suelo de piedra. Había huellas de hollín y de una hoguera apagada algo más adentro, y un camastro de paja cubierto de pieles que, al encontrarse protegidas de la lluvia, se conservaban en bastante buen estado. Habíamos encontrado la cueva de Santa Marta.

Acosté a mi hermano, que estaba agotado, en el camastro, y pensé que si una eremita se había arriesgado a hacer fuego allí y nadie la había descubierto, yo podía correr el mismo riesgo. Además, una fogata alejaría a los lobos, los zorros y otras alimañas que si nos encontraban nos harían tanto daño como los hombres. Había visto mil veces cómo Ana o la esclava que atendía las chimeneas hacían fuego. No podía ser tan difícil.

Recogí mis faldas bajo las rodillas y saqué las dos piedras del cuerno de vaca. Cuando golpeé una contra la otra saltó una chispa, que brilló en el aire y se apagó antes de llegar al suelo. Entonces me di cuenta de que necesitaba leña. Arrastré hasta allí unas cuantas ramas y mucha hojarasca seca, para que prendiera la chispa. La quinta vez me aplasté un dedo con la piedra. Perdí la cuenta de cuándo, tras infinitos intentos, cayó una pequeña luz sobre la hierba seca y por fin ardió un modesto fuego.

Entonces sí, pude soltar el aire que se había quedado paralizado en mis pulmones y me senté en el suelo, junto a la pequeña hoguera. Me palpitaba el dedo golpeado, las heridas de las manos dolían, calientes y rojas, y las quemaduras que el sol me había producido en la nariz y las mejillas ardían sin remedio. Mi madre me las hubiera curado con suero de leche y me hubiera regañado por arruinar la blancura de mi piel, pero en ese momento mi belleza era la menor de mis preocupaciones.

Cuando mi vista se adaptó a la penumbra del lugar, descubrí algunos detalles maravillosos: en un rincón elevado del suelo, lejos de la humedad, sor Marta, si era ella la última habitante de la cueva, había apilado leña partida, ordenada por dos tamaños, los troncos y las ramas; colgada por una tira de cuero de un saliente de la pared encontré un hacha, que en aquellos momentos valía más para mí que todos los tesoros de Oriente juntos; en otro de los rincones de la cueva alguien había dibujado unos monigotes negros y rojos que parecían bailar en torno a un ciervo rojo. Me dejé caer junto al niño y me dormí casi inmediatamente.

Era la segunda vez en mi vida, desde que recordara, que me había olvidado de rezar mis oraciones. La primera fue la noche de mi huida. Después llegarían muchas más.

Me desperté muy temprano al día siguiente, y por un momento no recordé dónde me encontraba. Escuchaba la respiración de don Diego a mi lado, pero no era capaz de reconocer qué lugar era aquel, ni cómo había llegado hasta él. Entonces, de golpe, todo se ordenó en mi cabeza, y mi estómago se encogió de hambre y de preocupación.

Lo segundo no tenía remedio, pero podía hacer algo para resolver lo primero. Resultó que junto a la leña sor Marta había colocado un caldero de hierro, viejo pero bien limpio, frotado posiblemente con arena, como hacían las criadas en casa, y un círculo de metal suspendido sobre tres pies, una trébede muy rústica, que permitía colocar el caldero sobre las brasas. Podríamos hervir agua y, si encontraba algo que echarle, hacer un caldo. Al menos don Diego comería las sopas de pan calientes. Recordé mi soberbia del día anterior al tirarlas, despectiva. Solo habían pasado unas horas más, pero no volvería a cometer ese error.

Di la vuelta por el exterior de la cueva, que se encontraba en una pequeña explanada, bien orientada al este y protegida del viento. No muy lejos de allí, hacia el norte, corría un arroyo limpio, que nos abastecería de agua. Unos pasos más allá, un entramado de varas inclinado pero aún en pie protegía de los ciervos y de los conejos lo que debió haber sido el huerto de la monja. Aunque muy descuidado, crecían allí algunas coles de tamaño monstruoso, plantas de judías y lo que me pareció que podían ser nabos. Me acerqué a la entrada del bosquecillo. Sujeta por un par de piedras se alzaba una cruz hecha con dos palos, muy humilde, sin nombre. ¿Quién yacía allí? ¿Habrían enterrado a sor Marta en el lugar en el que quiso vivir y fue feliz? ¿O habría sido ella quien cavó aquella fosa para otra persona?

En los alrededores de la cueva había zarzamoras, y unas fresitas salvajes muy pequeñas pero de un sabor intenso. Cogí cuantas pude y fui a despertar a mi hermano.

–¿Qué tienes? –le pregunté, según le vi. Tenía el rostro hinchado y un gesto de dolor.

Abrió la boca y señaló uno de sus dientes, el primero que se le había caído. El que creció para sustituir al de leche ya no estaba allí.

–¿Qué ha pasado? –pregunté, asustada.

–El melón...

Don Diego debía haber clavado los dientes con fuerza en la cáscara del melón, con tan mala suerte que se había partido uno de los incisivos superiores en diagonal. Tenía la encía amoratada y el diente debía dolerle mucho.

–¿Qué hago, qué hago? –me pregunté.

Sabía que el ajo era bueno para detener la infección, pero yo no contaba con ajo a mano, y mucho menos con el carísimo clavo, una especia que mi padre usaba cuando le dolían las muelas. Quizás fuera más sencillo encontrar perejil, que crecía salvaje, y era fácilmente reconocible, con sus hojas triangulares. Coloqué un paño empapado en agua fría sobre sus labios y le pedí que lo sostuviera mientras iba fuera. Un huerto no sería un huerto si no contaba con su pequeño rincón de plantas medicinales: salvia, camomila, perejil, hipérico, menta...

El jardín siempre me había gustado: acompañaba a mi madre a cortar flores y al jardinero a plantarlas, y aunque casi no teníamos espacio para árboles, en el huerto siempre teníamos laurel y otras hierbas comestibles. Ahora comprobaría si era capaz de distinguirlas, y sobre todo, si todas aquellas explicaciones que me había dado el paciente jardinero habían servido de algo.

El perejil mostraba muchas matas amarillentas, pero bajo ellas crecían los brotes nuevos. Corté una buena cantidad, y ya en la cueva, trituré la planta y la mezclé con agua. Con un dedo extendí la pasta por la encía de don Diego.

–No te la tragues.

–No puedo.

–Intenta no tragártela. Pronto vendrán a por nosotros.

¿Cuánto tiempo tardarían las monjas en hacerle llegar el mensaje a don Jerónimo? ¿Tres, cuatro días? Podríamos soportarlo. Luego regresaríamos a nuestra casa, un poco más delgados, yo quemada por el sol y don Diego con un diente menos, echaríamos a nuestros criados y podríamos vivir en paz.

Lo primero que haría cuando entrara por la puerta sería ponerme de nuevo mis chinelas de tafilete azul, y quemar los botos que me habían producido unas ampollas atroces en los pies durante la subida a la cueva. Me descalcé y caminé con cuidado sobre la hierba hacia el arroyo. Teníamos que cuidar bien aquella corriente de agua. Busqué un lugar, más abajo, donde hacer mis necesidades y que el agua se las llevara lejos de la cueva. Más tarde le enseñaría a don Diego cómo imitarme. El caudal que brotaba de la roca sería el punto donde cogería el agua, y algo más abajo, donde decidí que me bañaría, sumergí mis doloridos pies.

Una ligera brisa agitaba las hojas de los árboles, y las ramas se movían con suavidad, como si se disculparan por hacer ruido. No hubiera podido soñar con un jardín más hermoso que aquel rectángulo verde regado por el arroyo. Las flores rosas de la hierba de San Roberto crecían entre las rocas y unas violetas asomaban de vez en cuando. No eran los perfumados rosales que mi madre cuidaba con tanto esmero, pero se respiraba tanta paz, resultaba tan sencillo olvidarse que a apenas unas leguas de allí la gente escapaba de la peste y de la miseria, que entendía por qué sor Marta no regresó a su convento.

Me puse de nuevo en pie, muy aliviada, y permití que mis pies caminaran libres, sin las medias, por un rato más. Descubrí la inconfundible flor alta y blanca del ajo en uno de los rincones del arruinado huerto, y me reí yo sola. Podría prepararle una cataplasma de ajo al pequeño. Allí tenía todo lo que necesitaba.

11. Mi hermano

PASÓ UN DÍA, y luego otro, y otro, y nadie vino a por nosotros. La hinchazón de la encía de don Diego bajó, casi desapareció, y después volvió de pronto, acompañada de mucha fiebre. Salvo darle agua y mantenerlo resguardado del sol y del calor, yo no podía hacer otra cosa por él. Sabía que necesitaba carne, comida caliente, y no el caldo aguado que yo había logrado preparar, y que precisaba un cirujano que pudiera quitarle la astilla del diente que aún le quedaba en la boca.

«No saben hacer nada, no pueden valerse por sí solos, no tienen parientes en la ciudad». La frase que Mariquilla había escupido con tanto odio volvía a mi cabeza una y otra vez. ¡Qué razón tenía! ¿Por qué en lugar de a bailar y a cantar, a moverme con elegancia y a comer con exquisitos modales, no me habían enseñado algo que me fuera de utilidad lejos de mi casa y de mi habitación? ¿Por qué mi padre no me había enseñado a cazar, a seguir un rastro, a disparar un arma o arrojar una lanza? Si hubiera sido un hombre dominaría todas esas artes, y mi hermano no se estaría muriendo de hambre ante mis ojos.

Si yo hubiera sido hombre los criados de mi casa no se habrían atrevido a revolverse así contra nosotros, y yo hubiera ayudado a mi padre a plantarle cara al corregidor. ¡Ah, si hubiera nacido hombre nadie me exigiría que fuera obediente, no me quitarían de la cabeza mi amor por aprender algo, lo que fuera, del mundo exterior, ni me dirían lo que tenía que hacer!

Ardía de rabia, y golpeé con furia el tronco que estaba cortando con el hacha, como una manera de aprovechar mi ira y que sirviera de algo. Había encontrado algunos anzuelos en el zurrón de pastor y los había colocado en la parte baja del riachuelo, donde el agua se remansaba y había visto alguna trucha, pero me daba tanto asco tocar una lombriz que los había puesto sin cebo, y los peces no picaban. No sabía colocar trampas para pájaros, ni mucho menos cómo capturar una presa mayor. Solo había aprendido unas pocas nociones de botánica que no sabía si servían para mucho.

–Doña Elena, doña Elena –llamaba mi hermanito.

–Estoy aquí, a tu lado.

–Ya me he cansado de esta aventura.

–Yo también –contestaba yo, llorando–. Pronto volveremos a casa.

–¿Cuándo?

–Pronto.

–¿Cuándo?

–Pronto –le repetía yo, muy bajito, y le daba su muñeco para que se consolara.

Me preocupaba que acabara agosto y no hubiéramos tenido noticias de nadie que viniera a por nosotros. ¿Habrían llegado las monjas hasta el hospital de San Lázaro? ¿Seguiría vivo don Jerónimo? La peste se movía con rapidez, ¿podría haber llegado hasta el corazón del reino? Y si seguía vivo, ¿le importaría lo más mínimo yo, a quien nunca había visto?

Quizás había leído mi mensaje y se había sentido aliviado, liberado de su compromiso conmigo. Al fin y al cabo, su trato había sido con mi padre, y él ya no estaba allí para obligarle a cumplirlo. ¿Quién era yo para solicitarle a él ayuda? Mi madre me había indicado que acudiera a él si resultaba necesario, pero ¿cuáles de las formalidades continuaban vivas en época de peste y cuáles dejaban de tener sentido? Ayer yo era doña Elena, mi más mínimo capricho hacía que tres, cuatro criados corrieran para complacerme. Si se me antojaba una jícara de chocolate mi nodriza llamaba a la doncella, la doncella a la cocinera, la cocinera a la moza de la cocina, para que cada una de ellas cumpliera su función. Una calentaba la leche, otra deshacía y batía el chocolate para que quedara primero espeso pero al mismo tiempo espumoso, otra me lo servía, la última colocaba alrededor de mi cuello una servilleta para que no me manchara.

Y cuántas veces, cuando ya habían hecho todo eso, yo apartaba con desdén la tacita y decía:

–No, ya no me apetece.

Ahora que había aprendido cuánto costaba hacer cada cosa, el esfuerzo que suponía que el fuego no se apagara, lo agotador que era encenderlo de nuevo, el trabajo que conllevaba cortar las verduras o acarrear el agua desde la fuente, lo complicado que era moverse sin empaparse en sudor, no volvería a arrugar la nariz cuando la doncella se acercara a mí para peinarme.

–Hueles mal, Ana. ¿No puedes hacer algo con esa peste a sudor?

Había afilado una lanza, más bien una estaca larga, y pasaba las horas observando cómo los pájaros sobrevolaban nuestra cueva. De vez en cuando arrojaba la lanza, pero no conseguía nada más que un revoloteo furioso entre las ramas. De todas maneras, aunque por azar atrapara uno de ellos, ¿cómo me lo comería? No sabía desplumarlo, ni cocinarlo.

En esos ratos muertos en los que acechaba a los pájaros e ideaba qué más podría conseguir para que don Diego comiera, me venían a la mente retazos de la antigua doña Elena. ¿De verdad me había comportado yo así, había dicho aquellas cosas? Cuando pensaba de mí misma que era una doncella educada, una persona amable, en esas consideraciones nunca entraban los criados. Yo no me portaba mal con ellos. Eso sería indigno de mí e injusto para ellos. Me habían enseñado que debía ser correcta pero dura, como lo sería con un animal al que le enseñara trucos pero nunca acabara de aprenderlos.

Además, me preocupaba por ellos. Yo era la que mediaba cuando mi madre había ordenado algún castigo, y lograba que le rebajaran la pena. Escuchaba sus chismes sin entrar en ellos, y prometía, a aquellos que me resultaban más agradables, que me los llevaría conmigo a Madrid, cuando me casara. Mi padre me había enseñado a cuidar de todos porque eran, al fin y al cabo, parte de la familia, que les exigiera obediencia y sentido del honor. Nadie se había preocupado por los pobres de Toledo más que mi padre.

Y sin embargo...

«¡No me extraña que os ataquen!», había respondido el corregidor a mi padre, cuando le habían asaltado al regreso del hospital. No habíamos logrado el amor de nuestros inferiores, no ya su agradecimiento. Y por primera vez me preguntaba si no habíamos entendido todo al revés, si no éramos precisamente nosotros los que los necesitábamos a ellos y los que nunca habíamos tenido un gesto amable, una atención sincera, algo que no fueran malas caras, exigencias e insultos.

Me desollé las manos intentando atrapar peces, pero eran demasiado astutos y rápidos, y se escondían en los recovecos de las rocas. Aunque me daba miedo dejar solo a mi hermano, desanduve el camino hasta el campo de melones, y cargué con cuatro de ellos para que pudiera comer su pulpa fresquita. Encontré los huevos de un ave grande que anidaba en el suelo, y los cocí para don Diego, que ya no tenía fuerzas para levantar su cabeza.

Se murió entre mis brazos, nueve días después de haber huido a escondidas de casa. Lo acuné contra mí mucho tiempo, sin acabar de creerme que mi hermanito, la luz de mis ojos, se hubiera ido y que yo no hubiera podido hacer nada para salvarlo. Lavé su carita por última vez, peiné su cabello rubio, tan dorado, con mis dedos, y le crucé las manos sobre el pecho. Allí coloqué a su muñeco monje, para que pudiera seguir jugando con él en el más allá.

Con un palo y mis propias manos cavé una pequeña fosa junto a la de sor Marta, allí donde la tierra era blanda. Lo envolví en su jubón lo mejor que pude, lo enterré y después coloqué otra crucecita de palos en la cabecera de su tumba. Calculé que sería el día de Nuestra Señora de la Asunción, y le pedí que cuidara de mi hermano. Luego recogí algunas violetas, las até con un cordón, y las deposité junto a la cruz.

Solo entonces, cuando regresé a la cueva y vi el camastro vacío y no oí nada salvo el viento, ni su respiración, ni su voz llamándome, ni los ligeros ronquiditos que emitía cuando dormía, entendí de verdad que me había quedado completamente sola.

Cogí mi diario, que conservaba dentro del zurrón, y escribí:

«En el día de hoy, 15 de agosto del año de gracia de 1598, ha muerto don Diego Hurtado López de Ayala, por una enfermedad. Era mi hermano y nunca hizo daño a nadie».

Salí de nuevo, con las mejillas empapadas en lágrimas, agarré la lanza y la arrojé contra los pájaros que gorjeaban en las copas de los árboles. Y grité hasta que me dolió la garganta, un largo aullido de pena y de cólera por todo, por lo que había vivido y lo que me quedaba por vivir, por el cansancio que arrastraba y el dolor físico que sentía en las manos, en las piernas, en la espalda.

Una bandada de pájaros salió de entre los árboles, remontó el vuelo y protestó con graznidos y chillidos su descontento por mi ataque. Y de pronto, de ellos se desprendió uno que, en lugar de volar hacia lo alto, como todos, voló en picado hacia el suelo, hacia mí, gritando, como un poseso:

–¡Doña Magdalena, doña Magdalena!

Era Crispín, el papagayo más desagradable, maleducado y frío del mundo. Debía haberse unido, como tantos otros pájaros escapados de sus jaulas, a sus parientes del bosque, y había reconocido mi voz. Nunca había sentido el menor afecto por él, pero allí, sola frente a la entrada de la cueva, muerta de hambre y de agotamiento, fue como si hubiera recuperado, contra todo pronóstico, a un hermano perdido.

12. La Tarasca

Agosto dio paso a septiembre, y septiembre se aproximó a octubre. Los días se acortaron de manera visible, y las noches eran ya tan frías que me adentré un poco más en el interior de la cueva, donde la temperatura resultaba un poco más cálida. Crispín revoloteaba a mi alrededor, como hacía en casa, pero con algunas notables diferencias: ni estaba en su jaula ni atado con la cadenita de plata que le amarrábamos cuando lo dejábamos volar suelto, y por lo tanto su humor había mejorado considerablemente. Se había acostumbrado a buscar su propio alimento, con lo que ya no mendigaba comida, ni se enfurruñaba cuando no le daba lo que quería. De vez en cuando se enfadaba con el resto de los pájaros, a los que ya no consideraba de su familia, y les gritaba insultos desde el suelo:

–¡Marranos! ¡Bellacos!

–¡Crispín! No digas esas cosas.

–¡Fea! –me dedicaba.

Sí, muchas cosas habían cambiado: continuaba saliendo con la lanza en la mano, pero era más larga, más flexible, y ya no pretendía cazar con ella, sino defenderme en caso de necesidad, si alguien o algo me asaltaba cuando fuera a revisar mis trampas. Me había rendido ante la evidencia: carecía de la puntería y de la habilidad como para cazar, pero me sobraba el ingenio para colocar un lazo corredizo o una cesta de cañas que cayera sobre una perdiz.

Las cestas las había encontrado en la cueva. Los lazos eran completamente obra mía. Ahora me reía de la doña Elena que tenía remilgos en cebar los anzuelos. El río rebosaba de peces, y raro era el día que no encontraba dos o tres en los anzuelos que dejaba durante la noche.

Aun así, tenía siempre hambre. La cueva me había transformado, y no solo había endurecido mi corazón, sino también mi cuerpo. Mis manos se habían tostado y tenían callos, las plantas de mis pies también. No estaba segura de si ahora sería capaz de encontrar el resorte menos pulido de la entrada de los barriles, pero ya no me cortaba con el mínimo roce ni me dolían las manos al contacto con el hacha.

Había aprendido a distinguir los sonidos del bosque durante el día de los de la noche, y aunque no sabía a ciencia cierta qué animales los producían, era capaz de diferenciarlos. Algunos resultaban temibles; otros, ridículos, como magistrados engolados que dictaran una sentencia. Crispín sabía imitar varios de ellos, y lo usaba para burlarse. Había encontrado huellas de una familia de jabalís que cruzaban el río abajo, hacia el campo de melones, con las patitas de los rayones impresas claramente sobre la arena, pero nunca me crucé con ellos ni, por fortuna, dieron con los nabos y las coles del huerto. Sabía que un jabalí resultaba un enemigo formidable, y que yo no era rival para sus colmillos, de manera que confiaba en que pudiéramos mantener una vecindad amistosa.

Por mucho que me atormentara el hambre y que no quisiera otra cosa más que acallarla, el invierno se acercaba, y como los animales, necesitaba acaparar provisiones. Si hubiera estado en mi casa, hubiera notado un trasiego inusual: la cocinera envasaría las conservas de otoño; las mermeladas y jaleas reposarían ya en los estantes altos de la despensa, con sus etiquetas y sus fechas; las nueces se conservarían en miel y algunas frutas se secarían; pronto los productos de la matanza del cerdo se unirían al resto de delicias.

Pero allí no tenía nada de eso. Comencé a recoger castañas, que salían brillantes y limpias de sus erizos vegetales, y coloqué los nabos más grandes en un cesto fuerte y con tapa sobre la leñera, para que los ratones no los encontraran. No encontré nueces, pero sí hayucos, el fruto de las hayas, pequeño, pero muy sabroso. Encontré unas setas pardas, muy sabrosas, que comencé a secar al sol, porque aguantaban muy bien así todo el invierno. En realidad, todo el bosque ofrecía una increíble variedad de setas, pero esa era la única que conocía, y no quería arriesgarme a dar con una venenosa.

Pensé que si las setas se secaban y ahumaban podría hacer lo mismo con las truchas. Me faltaba sal para conservarlas como había visto que hacían con el bacalao que traían del norte, pero si se ahumaban durante varios días con paciencia sobre un fuego lento, parecía que podrían ser comestibles. Olían a rayos, y no sabían a nada, pero esos detalles ya no me impresionaban.

Me había resignado a pasar sola el invierno, y ya, después de que las ilusiones se me hicieran trizas durante semanas, no esperaba que nadie viniera a por mí. Había dejado de preguntarme qué era lo que podía haber ocurrido: se hubiera perdido mi mensaje o no, ya había asumido que no interesaba a nadie. La peste solía dar un respiro durante los meses fríos; cuando llegara febrero podría arriesgarme a caminar hasta La Puebla de Montalbán, y pedir noticias de mis padres, o ayuda a los parientes que me quedaran.

En aquellos momentos mi preocupación principal era cómo sobrevivir al frío: las pieles de la cama, que parecían de conejo, apenas daban calor, y no tenía otra cosa más que mi manto, bastante maltratado y que no me serviría de mucho si nevaba. Debía acercarme de nuevo al camino y ver si las joyas que había sacado de mi casa aún tenían algún valor.

Una de aquellas mañanas frías, pero con un cielo azul intenso y un sol brillante que prometía una tarde bonita, me decidí a abandonar la cueva. Cogí la lanza que me servía de báculo y comencé el descenso hacia el camino. Era la primera vez que regresaba al mundo real, que me adentraba más allá del campo de melones, y volvía la mirada atrás de continuo. ¿Sabría regresar, sabría alinear correctamente la casulla del monje y la roca del arrodillado?

Había imaginado que si seguía el curso del río este desembocaría en el canal del antiguo acueducto, poco más o menos. Además, el río era el camino que seguían quienes tenían demasiado miedo a usar las rutas de tierra: tenía tantas posibilidades de encontrarme con alguien a quien comprarle un manto o unas pieles en un lugar como en el otro.

Entonces, tras una revuelta del río, vi a un jovencito que llevaba a beber sus mulas al agua. Era pequeño, no tendría más de diez años. Me escondí entre las ramas, mientras pensaba qué decirle. ¿Sería capaz de hablar con un ser humano? Hacía semanas que mi único compañero de charlas era Crispín, y lo cierto es que su conversación no era muy estimulante.

Como si adivinara lo que estaba pensando, Crispín, posado en mi hombro con las plumas erizadas, comenzó a silbar, como hacía cuando se ponía nervioso.

–Chico, chico –dijo, con una voz que parecía humana pero que poseía un eco extraño, y luego gritó, más alto–: ¡Chico, chico!

El zagal se petrificó. Me dio pena, estaba más asustado él que yo, por lo que dije:

–¡No te asustes! No quiero hacerte daño.

Salí de mi escondite y me mostré ante él. La expresión de su rostro cambió del miedo al puro terror.

–¡No grites, no llames a nadie! No te haré daño.

–¿Sois... sois la Tarasca? –preguntó con un hilo de voz.

–¡Fea, fea! –alborotó Crispín.

–Sí, soy la Tarasca.

Me di cuenta de pronto de que mi aspecto debía ser por lo que aquel niño se mostraba aterrorizado: me había hecho un abrigo un poco tosco con las cortezas que arrancaba a los abedules en tiras largas, que luego cosía como podía, y que, colocado sobre mis ropas y sobre el manto, podría parecer un caparazón extraño. Había descubierto que si me peinaba con la arcilla del interior de la cueva el cabello permanecía en su sitio, y que una vez seco no entraban ni insectos ni ramitas u otras porquerías. Esa misma arcilla, mezclada con agua para darle una textura más ligera, me protegía el rostro del sol. Desde que lo descubrí no volví a quemarme ni enrojecerme. Una vez por semana me adentraba en el cauce del río y me lavaba de rastros del barro cuajado para comenzar de nuevo el proceso.

De manera que sí, con una lanza en la mano y los botos rellenos de hierba seca puede que tuviera un cierto parecido con la Tarasca de la leyenda.

–¿Qué queréis de mí?

–Quiero ropa –le dije, con toda sencillez–. Un manto de pieles o dos, si es posible. Si lo encuentras, te pagaré bien –le mostré una de las pulseras de oro que había traído conmigo.

El chico abrió unos ojos como platos.

–Si no lo encuentras o me engañas –proseguí–, te perseguiré hasta encontrarte, no importa dónde te escondas. Te comeré a pedacitos, muy despacio, para saborearte bien.

–No, no –dijo él, asustado–. Sé dónde puedo conseguir uno. No tardaré demasiado. Regresaré antes de mediodía.

–Vete –dije–. Yo cuido de tus mulas. Pero si no vuelves o le cuentas a alguien que me has visto, me las comeré.

–¡No os las comáis, doña Tarasca! ¡Yo soy un hombre de palabra!

Echó a correr como un galgo, y se perdió entre los árboles. Yo me senté a esperarle con calma, bien protegida por varios matorrales. Una de las ventajas del abrigo de álamo era que yo misma parecía un árbol.

13. TARAMBÁN

EL NIÑO REGRESÓ cuando yo ya dormitaba, mecida por el canto del río.

–¡Doña Tarasca, doña Tarasca! –gritaba–. ¿Dónde estáis? Yo he cumplido mi parte del trato, cumplid ahora la vuestra.

Me enderecé y me acerqué a él, intentando mantener un aire solemne. El zagal traía dos magníficas mantas de piel, bien labradas y bien cosidas, de una calidad tan superior que casi costaban lo mismo que la pulsera que estaba dispuesta a darle, y las traía a lomos de un borriquillo que casi quedaba oculto por ellas.

–Muy bien me has servido –dije yo–, pero ahora estoy intrigada. ¿De dónde has sacado estos pellejos tan pesados que tú solo no podrías acarrearlos?

–Sí que podría –presumió él, mientras me mostraba todos los dientes en una sonrisa pícara–, pero como teníais tanta prisa, me pareció una buena idea usar el burro. No las he robado –añadió de pronto, muy preocupado–. O al menos no exactamente. Las he cogido de la casa grande del camino, que lleva meses abandonada. Mis padres nos han prohibido que entremos en ella, pero los chicos no les hacemos caso. Nos colamos por un agujero chiquito del muro, ¡hay algunas cosas tan bonitas!

Recordé el temor que mi padre tenía a que las ropas transmitieran la peste, y por un momento en mi cabeza batallaron el miedo a la enfermedad y la posibilidad, muy real, de morirme de frío. El niño pareció leerme el pensamiento.

–No hay muerto en la casa –contó–. La primera vez que entramos mi primo Sancho se llevó con él al Rómulo, que es su perro. Tiene muy buen olfato y lo ha educado de tal manera que si le llega el olor de la peste aúlla de una manera muy honda, como si llorara. No falla. Metimos al perrito en la casa y recorrió todo, de arriba abajo, sin un solo ladrido. La casa es de gente rica, y ya no están allí ni vendrán mientras dure la peste, de manera que ¿qué les importa si de vez en cuando les cogemos un poco de harina, unas sábanas o una manta de pieles? Ellos tienen tanto y nosotros tenemos tan poco...

–Entonces, ¿sigue habiendo peste? –pregunté, mientras examinaba las pieles. En un extremo vi, estampada en cuero, la enseña de los condes de la Olmeda. La casa, por lo tanto, debía pertenecerles. Sabía que habían huido al campo cuando comenzó la plaga, pero si no estaban allí, ¿qué les habría pasado?

–Sí, señora, aunque ya con menos fuerza que durante el verano. Ya se ve más gente por los caminos, y algunos barrios vuelven a comerciar con Toledo y con sus gentes.

–¿Sabes algo de La Puebla de Montalbán?

–No, doña Tarasca, nunca he oído hablar de tal lugar. Si le parecen bien las pieles, yo...

–Sí –dije–, sí, son lo que yo buscaba. Pareces un mozo listo y quizás te convenga hacerte criado de la Tarasca.

El niño pareció de pronto muy tímido.

–Bueno, señora, si me tratáis bien, y la paga es adecuada, y prometéis no comerme...

–¡Mucho pides tú, tarambán!

Y Crispín, encantado con la nueva palabra e intuyendo que, tal y como la había pronunciado, sería un insulto, revoloteó sobre nosotros.

–¡Tarambán, tarambán! –gritaba.

–Si os he ofendido, lo retiro. Pero no veo cómo podemos llegar a un acuerdo si no me tratáis bien, si no me pagáis y si encima me coméis.

–Escucha: yo no puedo llevarme las dos pieles al palacio en el que vivo, que está en el fondo del Tajo y al que bajo ninguna circunstancia puedes seguirme. Te propongo una cosa: te daré la mitad de la pulsera ahora, y mañana, más o menos a la hora de hoy, tráete el burro con la segunda piel, y te entregaré el resto de lo que te debo. Si además me traes un cuarterón de aceite y un saco de harina que ocupe otro tanto, te llevarás otra recompensa.

El chico observó con suma atención cómo yo tiraba de los eslabones y dividía la pulsera, y se guardó su mitad en el cinturón.

–Me parece muy bien, porque yo no he nacido para estar con las mulas, como muchas veces me dice mi señor padre, que asegura que no sirvo para otra cosa. Y me parece que podré prosperar más como criado de una señora tan principal que enredado todo el día con las bestias. Y, como me han educado bien, no os preocupéis, que yo no iré por ahí contando los secretos de vuestro palacio ni dónde está ese palacio, como hacen otros criados menos refinados y que no tienen aspiraciones de llegar a mayordomo algún día.

Estallé en carcajadas mientras me echaba al hombro la manta.

–Muy bien, apruebo que seas ambicioso... ¿Cómo te llamas?

–Todos me llaman Agustín el de la Quinta, doña Tarasca.

–Mañana a la misma hora nos vemos, Agustín.

–Tarambán –dijo Crispín, como despedida.

Subí hacia la cueva con dificultad: la manta me daba calor, se enredaba en los cardos y en los pequeños arbustos y detenía mi paso, pero me daba cuenta de que llevaba fijada una sonrisa en los labios. Aunque ya había aceptado con serenidad la muerte de mi pobre don Diego, y cada día cambiaba las flores de su tumba por otras frescas, no había vuelto a sentirme feliz, ni mucho menos a reírme, hasta que me había encontrado de nuevo con un ser humano.

Me pregunté cómo habría soportado sor Marta tantos años de soledad. Ahora que llevaba meses en su cueva, creía conocerla al menos un poco: había sido una mujer ordenada, limpia. Todos los utensilios que había dejado eran sencillos, pero estaban impecablemente conservados y cuidados. Llegué a la conclusión de que ella misma trenzaba las cuerdas que usaba, y que cortaba los mimbres del río con los que luego hacía los cestos y las jaulas para los pájaros. Los remates estaban ajustados y bien cortados: sor Marta pensaba que si merecía la pena hacer algo, merecía la pena hacerlo bien.

Había conservado una buena cantidad de heno y de hierba seca en uno de los recovecos de la cueva, y llegué a la conclusión de que había tenido una cabra o una oveja. Eso me pareció tan buena idea que me propuse conseguir lo mismo para mí en cuanto pudiera. Una tarde avisté una oveja con su cría, solas, pastando en una ladera. Aguardé a que aparecieran el resto de sus hermanas, quizás guiadas por su pastor. ¿Sería el regreso de las ovejas una señal de que la peste había amainado? Pero posiblemente se habrían extraviado de su rebaño, quizás antes de que los señores decidieran venderlas y los pastores fueran a otras tierras, porque no vi más ni antes ni después. Pese a mis intentos de atraparlas, se me escaparon las dos, y así me quedé sin ovejas, sin leche, sin queso y sin todo lo que mi mente ya había ideado que me darían.

Con la nueva manta mi hogar parecía otro: podía servirme como alfombra, como colcha y como diván. La piel era tan suave que me rocé el rostro contra ella, una y otra vez. Ya se me había olvidado lo que significaba dormir sobre algo tan blando y cálido. Cuando Agustín me trajera la segunda construiría con algunas ramas finas un armazón y arrojaría una de las mantas por encima, como las tiendas de los árabes, y así tendría una madriguera calentita y agradable dentro de la cueva.

Sí, como me había prometido, me traía aceite y harina, podría encender el candil de sor Marta, que llevaba años apagado junto a la entrada, y prepararme unas tortas en la lumbre. Se me hacía la boca agua. Buscaría algunos huevos y los añadiría a la mezcla. Me dormí y soñé que las comía, una bandeja entera de tortas, una detrás de otra. Muy a menudo soñaba con comida; mis padres, mi hermano, mis primas aparecían cada vez con menos frecuencia en mis sueños, pero en cambio recordaba con toda precisión la taza en la que me servían la leche, el sabor de los espárragos frescos, que eran uno de los platos predilectos de mi padre, o la dulzura de la nata montada con la que servían los bizcochos de la merienda.

Salvo por esos sueños, no miraba atrás. A veces pasaban varios días sin que recordara nada de mi vida pasada: ¡había siempre tanto por hacer! Primero me di cuenta de que si mantenía la mente y las manos ocupadas los recuerdos me resultaban menos dolorosos. Los días que siguieron a la muerte de mi hermano solo quería tumbarme en el camastro y dormir, y que cuando me despertara todo hubiera sido un mal sueño y me encontrara en mi cama, con mis sábanas de Holanda, y el olor a pan recién hecho que subía de la cocina. Ana vendría a levantarme, y mi madre me estaría esperando para desayunar conmigo y para que aguardáramos juntas al profesor de baile.

Pero entonces Crispín venía a picotearme una oreja, y me obligaba a levantarme con su vocecita estridente:

–¡Fea, fea! ¡Despierta, despierta!

14. Anillo de piedra azul

AGUSTÍN APARECIÓ PUNTUAL con su borriquillo, con la manta, el aceite, la harina y un puñado de aceitunas que me dio en la mano.

–Pensé que le gustarían a doña Tarasca –dijo–. Las aliña mi madre y están muy ricas.

No le dije que en mi casa el gesto de que un criado le diera a otro la comida en la mano, no dijéramos ya a un señor, merecía un castigo severo. La comida, fuera el pan, unas aceitunas o incluso una taza de sopa, se colocaba en la mesa ante el comensal en una bandeja. Compartí las aceitunas con él, competimos por quién arrojaba los huesos más lejos, y coincidí en que estaban exquisitas.

–No sabía qué podía apetecerle de comer a la señora, además de carne humana –reflexionó–, pero pensé que si me había pedido aceite muy bien podría comer aceitunas.

–El aceite es para alumbrarme –bromeé–. Solo como cosas que procedan de humanos desobedientes, y si son niños, mejor.

–Las aceitunas tienen mejor carne, y quien las come no tiene gota –dijo Agustín, muy convencido–. Todos los reyes y los corregidores la padecen, y debe ser una enfermedad muy dolorosa, según me han contado, pero es el precio que se paga por cenar corzo y jabalí todas las noches.

–Parece que tú pagarías ese precio gustoso –le dije. Él se encogió de hombros.

–Ya sé lo que es pasar hambre –contestó–. Estaría bien saber qué es hartarse hasta que te duela el estómago, para variar.

Le di un anillo que no valía gran cosa pero que estaba segura de que le encantaría porque tenía una piedra azul que cambiaba de tonalidad según el sol. Me lo había regalado de niña una madrina de la que ya no me acordaba, porque decía que la piedra era del mismo color que mis ojos.

Desde que vivía en la cueva solo me había mirado en mi espejo una vez, y apenas me sostuve la mirada. ¿Quién era aquella extraña de rostro afilado? ¿Qué le había pasado en las trenzas, siempre tan cuidadas, en la cara? Luego pensé en qué mundo me había criado yo para empaquetar un espejo como uno de mis objetos imprescindibles, cuando estaba huyendo de mis propios criados solo con un zurrón.

Si pudiera volver la vista atrás hubiera cogido más ropa, comida, más yesca, agujas, cuchillos más pequeños que la navaja, la caja de remedios de mi madre, vendas y, esta vez sí, un candil. Quizás también podría haber dejado atrás el diario, y empleado la pared de la cueva para trazar sobre ella las fechas importantes. Sin embargo, no me arrepentía de haberme llevado el pequeño cuaderno: era lo único que me unía a mi antigua vida sin estorbarme, sin recordarme mi frivolidad o mi estupidez.

–Toma –le dije a Agustín, y le di el anillo–. El pago por el aceite. No parece gran cosa, pero este anillo concede los deseos.

–Ah. Entonces lo guardaré hasta que se me ocurra alguno que merezca la pena.

–¿No tienes deseos, Agustín?

–Sí, muchos –afirmó–. Por ejemplo, me gustaría que se acabara la peste; pero no creo que este anillo tenga un poder tan grande.

–Nunca se sabe. Además, la magia no se gasta. Pídelo, por si acaso.

El niño sostuvo el anillo entre los dedos y se dirigió a la piedra.

–Señor anillo, si le parece bien me gustaría que la peste se retirara de estas tierras, que ya ha supuesto suficiente dolor.

–Muy bien. Ahora sopla y pide otro deseo.

–No sé.

–Pide algo para ti.

–No –negó con la cabeza–. Ya he pedido una cosa. No conviene empacharnos de deseos.

Me gustaba aquel niño menudo, con los dientes pequeños y blancos y una nariz pequeñita, como un botón. No se parecía en nada a don Diego, pero me recordaba a él, con esa mezcla de ingenuidad y de descaro.

–¿Cuándo volveremos a vernos, señora?

–Si te parece, de hoy en ocho días. No tengo ningún encargo que darte, pero seguro que para entonces ya se me habrá ocurrido algo.

–Aquí me encontrará a su servicio.

Esa tarde cociné unas tortas amasadas a toda prisa y cocidas directamente sobre el fuego. No quedaron perfectas, dos de ellas se quemaron y tenían grumos porque no había tenido paciencia como para que la masa ligara bien, pero nunca, en toda mi vida, había comido ni volvería a comer nada tan sabroso como ellas. Estaban tan ricas que devoré una tras otra hasta que se me hinchó el estómago, y al día siguiente me encontraba tan mal que maldecí mi mala cabeza. Mientras preparaba una infusión de camomila, me pregunté por qué hacía esas cosas, las mismas por las que en su día me reñía mi madre: no pensaba, solo me lanzaba sobre mi objetivo como si no pudiera ver nada más.

Cuando el segundo día después del empacho me continué sintiendo mal me asusté de verdad. ¿Qué sería de mí si enfermaba a las puertas del invierno? ¿Quién me cuidaría, quién se ocuparía de mí si muriera? Me sentía débil y desanimada. «Así es siempre la vida –pensé–. Un momento de alegría, un momento de dolor».

Entonces, mientras me quedaba dormida entre el suave calor de las mantas, creí escuchar un sonido que nunca llegaba hasta la cueva: era un perro, dos, varios. Contuve la respiración por si eran imaginaciones mías. No, allí volvían, varios ladridos, la excitación del que ha encontrado un rastro y lo sigue. «Quizás vayan a la caza del jabalí», me dije. Pero no, se oían cada vez más cerca, subían paralelos al río, y si continuaban en esa dirección encontrarían la cueva, y a mí, enferma, dentro.

En otras ocasiones me había preocupado porque no hubiera ni la menor huella mía en el exterior; las primeras semanas acarreaba la olla de hierro dentro, dispersaba las cenizas y ni siquiera mantenía demasiado cuidado el huerto. ¿Quién sabía el que se podía asomar por allí? Un viajero despistado, un cabrero, un bandolero en busca de mejores lugares donde cobijarse.

Poco a poco cedí a la vagancia, como siempre me pasaba. ¿Qué viajero iba a extraviarse hasta allí? ¿Qué cabrero no habría buscado ya prados más al sur? ¿Qué bandolero se escondía lejos de los caminos? Tendría que haber estado más alerta, y recordado que los tiempos en los que se vivía con la guardia baja ya habían pasado.

Me levanté para coger la lanza, con la que siempre me sentía un poco más segura. De todas maneras, ¿de qué me serviría si me acorralaban y querían hacerme daño? Por otro lado, pensé, ¿quién haría daño a una desconocida que vive sola en una cueva? Sor Marta vivió décadas aquí sin que nadie la molestara. Quizás pasaran de largo.

Podría gritar que no se acercaran, que tenía la peste. Pero con eso me arriesgaba a que las cosas no salieran como yo pensaba y que pensaran que el peligro era yo. Como pude, tiré de las dos mantas y me adentré en la cueva tan profundamente como fui capaz. Los perros callaron. Habían perdido la pista, quizás por el río. Las corrientes de agua les despistan; pero luego los escuché. Los acompañaban varios hombres, según pude comprobar, voces que gritaban y que jaleaban:

–Ahí, Moro, ahí. Sigue, Morito, sigue.

–¡Muy bien, mi Duquesa!

Me cubrí la cabeza con las mantas, y me hice un ovillo. Ya estaban en la explanada, sentí que se paraban ante las dos tumbas con sus cruces de palo. Uno de los perros entró como una exhalación en la cueva, y se paró ante mí. Observé por una rendija entre las mantas. El perro parecía desconcertado, como si no esperara encontrarse con una extraña criatura sin cabeza ni brazos, solo pieles desparramadas. Corrió en busca de su amo, y en unos segundos se encontraron ante mí.

Eran cuatro hombres y seis perros a los que uno de ellos contenía. Los perros no dejaban de ladrar, pero no parecían hostiles, sino más bien contentos. Habían encontrado lo que buscaban; no eran del tipo de los que se usan para la caza, sino perros adiestrados, capaces de seguir un rastro, de hallar una oveja o un niño perdido.

–¿Hay alguien ahí debajo? –preguntó uno de los hombres.

Yo guardé silencio.

–Estamos buscando a una mujer. Si sois una mujer, haced una señal por debajo de las pieles.

Dudé un momento, y después asomé el brazo.

–Buscamos a doña Elena Hurtado López de Ayala, de Toledo.

Entonces mi corazón comenzó a latir como cuando antiguamente me avisaba de que me iba a desmayar: solo que hacía mucho tiempo que no me desmayaba. Me sacudí las pieles de encima, me puse en pie y me mostré ante ellos.

–Yo soy. Yo soy doña Elena Hurtado.

III
EL REGRESO

15. El perdón

Cuando llegó el día de Navidad todo parecía igual: Toledo había abierto de nuevo sus puertas a los extranjeros y a los viajeros, la Catedral se preparaba para la Misa del Gallo, la ciudad rebosaba de movimiento y actividad. En mi casa, en la gran casa de los Hurtado, nada había cambiado en un primer vistazo: mi alcoba continuaba igual, con sus tapices con las figuras que hacían alusión a las virtudes recomendables para una doncella, con los cortinajes de pesado damasco azul, con los arcones, el de la ropa de invierno, el de la ropa de verano y el de mi ajuar, cada uno en su lugar.

Solo que por la pared ya no ascendían la voz airada de mi padre, en su eterna discusión con el resto de los dirigentes de la ciudad; ni mi madre se encontraba en su estrado, impaciente por que me uniera a ella para enseñarme sus últimas bobinas de seda; ni mi hermano jugaba con sus carritos de madera y su monje de marfil en su habitación. Ya no volvería a sentir el beso de mi madre cuando me deseaba las buenas noches, ni mi padre, siempre tan duro, suspiraría exasperado cuando yo decía alguna inconveniencia.

Cuando me encontraron llevaban meses buscándome. Las monjas habían cumplido su palabra, y habían entregado mi mensaje a un clérigo que a su vez lo había confiado a un mensajero que, por fin, lo había llevado en mano hasta la casa de don Jerónimo en Madrid. Este, que había mandado innumerables cartas a Toledo que le devolvían o que solo recibían el silencio por respuesta, cabalgó ese mismo día hasta el hospital de San Lázaro en Toledo, aunque no le dejaran entrar en la ciudad.

Mi padre le había escrito desde La Puebla de Montalbán unos días antes:

«Estoy enfermo –decía la misiva–, y mi mujer también lo está. Espero lo peor, pero me voy de este mundo tranquilo, porque sé que ha sido la maldad y la mezquindad de mis enemigos y no la mía la que me ha colocado en esta situación. Mientras viví hice todo lo que pude por ayudar a mis semejantes, y me han mandado a una ciudad infectada para impedirme que siga haciéndolo.

»Solo me queda una esperanza en la vida, que es que mi amada hija y mi queridísimo hijo siguen a salvo en Toledo, lejos de este foco de infección. Por mi parte, os considero ya su esposo y mi heredero. Doña Elena es hermosa, dulce y de buen carácter, aunque, como dice fray Antonio Albiol en su tratado sobre el matrimonio, no lo es de manera exagerada. Cuidad de ella, y reparad mi buen nombre, porque también será el vuestro. Confío que vuestra nobleza os guiará hacia lo que debéis hacer».

Don Jerónimo no llegó a tiempo para que las monjas le revelaran dónde me escondía. Las que habían sobrevivido al viaje se habían contagiado cuidando de los enfermos, cuando se adentraron en las casas y en las barriadas a las que nadie se atrevía a ir. Habían muerto como mi padre, con la conciencia de que cumplían con su deber. Solo uno de los sacerdotes recordaba que una de ellas le habló del monje con casulla.

–Si un caballero con una carta viniera preguntando por doña Elena, decidle que la busque en el risco del monje con casulla.

Se daba el caso de que ese risco era muy conocido en Toledo, pero se veía desde tantos lugares que las búsquedas fueron inútiles. Sin el segundo dato, el de la piedra del monje arrodillado, dieron vueltas y vueltas durante días sin ni siquiera acercarse a mi cueva.

Mientras tanto, don Jerónimo se centró en la parte de mi carta en la que le revelaba la traición de los criados, y pidió al corregidor explicaciones sobre el asunto. Resultó que al final ninguno de ellos había huido. La ciudad se cerró la misma noche en la que yo hui, y prefirieron quedarse en la casa, donde los guardias que mandó el corregidor los encontró durmiendo en nuestras camas y usando nuestra cubertería.

–¿Dónde están los niños? –les preguntaron.

–¡No lo sabemos! Por la noche los dejamos en sus camas y por la mañana ya no estaban –dijeron–. El perro de la señora apareció en la puerta de la casa al cabo de dos días, y aquí lo tienen ustedes, blanco y gordo como ha estado siempre. Pero no sabemos dónde están los niños.

Los encerraron y amenazaron con torturarles. Repitieron lo mismo. Vaciaron el aljibe, por si nos habían arrojado allí. Revisaron el muladar en busca de nuestros huesos u otros restos. Fue en vano. La conclusión fue que, efectivamente, nos habíamos desvanecido.

Cuando regresé a mi casa me preguntaron qué quería que hicieran con ellos. Lo cierto es que no lo sabía. El que hubieran cuidado de Blanchete, al que yo había llorado mucho tiempo antes, me hacía pensar que no todo en su corazón era maldad. Ya no sentía miedo ni rabia hacia ninguno de ellos. Tampoco podía olvidar que nos habían traicionado en el momento más espantoso de nuestras vidas, y que si no nos hubieran obligado a escondernos en la cueva mi hermano aún seguiría vivo.

–Yo nunca os hubiera hecho daño, niña –lloraba Mariquilla, a la que trajeron ante mí cargada de cadenas.

–Hablaste de veneno ante tus compañeros.

–Era solo por presumir, para que no pensaran que yo les llevaba la contraria –aseguró–. Le tenía miedo a Fadrique, le tenía miedo a Ginés.

Yo recordaba aquellas risas en la cocina y no podía creerla. Nada me devolvería la confianza en aquella mujer.

–Que la suelten. Que los suelten a todos. Y que se vayan de esta casa. Que se vayan de Toledo. No quiero volver a ver a ninguno de ellos jamás.

Pero el corregidor me indicó una salvedad.

–Pueden irse todos menos el mayordomo. Él tenía una responsabilidad legal sobre la casa, sobre vuestros bienes y sobre vos y vuestro hermano, que habíais sido encomendados a su cargo.

Fadrique bajó la cabeza, incapaz de mantenerme la mirada. Sin sus ropas elegantes y sin el bonito sombrero de terciopelo que le gustaba llevar parecía la sombra de lo que había sido.

–Piedad, señora.

Yo me volví hacia el corregidor.

–¿Y vos? ¿No teníais alguna responsabilidad sobre nosotros y mi casa, señor corregidor? Mi padre se dirigió a una muerte cierta por vuestra culpa y por vuestra orden.

–Habéis perdido la cabeza, doña Elena. Sin duda, tanto dolor acumulado...

–No, hace falta mucho más que lo que he pasado para que me vuelva loca, señor. Si he sobrevivido al hambre, al frío y a los lobos debe ser por alguna buena razón, y esa razón es la de salvar el buen nombre de mi padre.

–Eso, en todo caso, correspondería a vuestro marido, y aún estáis soltera. No tenéis ningún peso legal.

Tomé aire y me acerqué a él con tanta determinación que hizo ademán de levantarse de su silla.

–Mi padre os dijo que apelaría al rey, señor corregidor, y eso mismo es lo que pienso hacer. La justicia del rey decidirá si yo tengo peso o si, después de lo que ha ocurrido, volvéis a saliros con la vuestra.

–Siempre podemos llegar a un acuerdo –musitó él.

–Los acuerdos son para los cobardes que tienen miedo a perder, señor. Y yo ya no le tengo miedo a nada.

Pero volvamos a la historia: mientras la justicia interrogaba a los criados de mi casa, don Jerónimo continuaba preguntando por mí y por mi hermano.

–Si las monjas se las encontraron en el camino de salida de Toledo, no pueden encontrarse a más de dos o tres jornadas de camino.

Avisaron a todos los arrieros que aún hacían la ruta hasta Madrid o por Talavera, dieron nuestra descripción a los pregoneros, levantaron cada piedra y miraron detrás de cada árbol. Durante el proceso encontraron varias falsas Elenas, pero ninguna pista que les llevara hasta nosotros.

Hasta que uno de los hijos de Andrés el de la Quinta apareció un día con un anillo con una piedra azul y una historia extraña sobre quién se lo había dado, un ser medio monstruo, medio mujer, con los ojos del mismo azul que el anillo. Y Andrés recordó que Felipillo el pregonero le había contado que estaban buscando a una señora muy principal con los ojos garzos. Cuando preguntaron a Agustín, este primero calló.

–Me va a comer.

–Cómo te va a comer, hijo mío.

–Me va a comer, a mí y a las mulas.

–Esas son historias que ya no asustan a las viejas. ¿Sabes dónde vive esa Tarasca?

Y Agustín, un poco avergonzado, confesó que el segundo día me había seguido, porque se había quedado con la curiosidad de saber cómo era mi palacio bajo el lecho del río, y les indicó la dirección en la que me había ido.

Después me encontraron los perros, y después, don Jerónimo.

16. El diario de la peste

La peste me dejó como heredera única de mis padres, y también de varios de mis parientes. Solo mi prima Violante y yo habíamos sobrevivido, y eso nos convertía a las dos, de pronto, en dos partidos muy codiciados.

Codiciados solo por nuestro dinero y nuestros títulos. Yo no era sino la sombra de lo que fui. Con el paso del tiempo recuperé el peso perdido, mis manos perdieron los callos y mis pies entraron de nuevo en los zapatitos de satén. Había regresado muy enferma, dijeron los médicos, y aquellas tortas de aceite no habían sido más que el remate a varias infecciones y a una enfermedad que me cubría la piel de una especie de musgo blanco. Además, pese a la protección de la arcilla estaba comida por los insectos, y se me movían varios dientes.

–Si deseáis buscar un marido que os pueda convenir mejor –me dijo don Jerónimo, después de explicarme con detalle la situación en la que me encontraba–, lo entenderé perfectamente. Vuestro padre cerró conmigo un acuerdo en unas circunstancias que ahora han cambiado.

Le miré por un instante, y sopesé sus palabras.

–Ni vos os creéis lo que decís, pero aprecio mucho el que tengáis la delicadeza de planteármelo.

Se echó a reír.

–Lo cierto es que me dolería perderos ahora que por fin os he encontrado y que además descubro que valéis más de lo que pensaba.

–Siempre valí mucho más de lo que vos pensabais, don Jerónimo.

–En eso os doy la razón.

Habíamos llegado a conocernos bastante bien durante los días anteriores, y habíamos simpatizado. Él era diez años mayor que yo, lo que, comparado con los maridos de mis amigas y de mis primas, lo convertía en un marido joven. Compartíamos un sentido del humor parecido, e incluso una cierta torpeza que a mí en él me parecía graciosa. Me había ofrecido que fuera a vivir a Madrid, con sus padres, mientras no llegara el día de la boda. Pero ahora que la había recuperado no quería dejar mi casa tan pronto.

Además, no debíamos casarnos hasta que todos mis asuntos se pusieran en claro y hasta que aceptaran que la muerte de mi hermanito había sido natural. Por suerte, todos los que nos conocían testificaron el amor y el cuidado que siempre le había dedicado a mi hermano, y, dadas las circunstancias, nadie creyó conveniente ahondar más en esa herida.

Aún no había contratado a los nuevos criados: una amiga de mi madre me había prestado a un par de ellos, y yo, fiel a mi palabra, me había traído a Agustín, que, con el permiso de su padre, había entrado a mi servicio vestido con una diminuta librea que lucía con todo orgullo.

–Ya habéis comenzado, pero el camino hasta ser mayordomo de una casa es largo, Agustín.

–De momento soy el criado con más rango, señora, con lo que no desespero.

La peste regresó de nuevo a la primavera siguiente, pero con menos fuerza; además, se controlaron pronto los brotes, porque el nuevo corregidor puso en marcha los planes de la Comisión de Salud y las recomendaciones que mi padre había hecho. En esta ocasión la seguridad se impuso sobre los intereses económicos. No pude evitar un gesto de amargura. ¿Hasta cuándo la codicia controlaría a los seres humanos?

No gané el juicio del rey, pero tampoco lo perdí. El antiguo corregidor fue relevado de su cargo, aunque no se tomaron represalias contra él. Solo se le recomendó que se retirara a su hermosa finca de Baeza, donde podría continuar con el estudio de las leyes y de la poesía latina, sus dos pasiones. Por mi parte, el rey mandó que en una de las puertas de la ciudad, aquella de mi elección, se erigiera una estela en honor a mi padre, en la que apareciera su nombre, con una sola frase: «Caballero predilecto de la ciudad de Toledo».

Muchos años más tarde, cuando mis hijos ya eran mayores, los llevé conmigo hasta la casa de Toledo, que se había quedado un poco olvidada cuando me instalé en Madrid, tras nuestra boda. La casa de los Hurtado era demasiado grande, demasiado incómoda para la moda de la época, y a mí no me traía buenos recuerdos. Pero quise contarles esta historia, y la mejor manera de hacerlo era llevarles al principio de todo, mostrarles las llaves que llevaban hasta el pasadizo secreto y la ruta que nos llevaba hasta las afueras de la ciudad.

Me siguieron con desgana, y cuando les sugerí que se adentraran en el túnel me miraron como si estuviera loca.

–Madre, todo el mundo conoce vuestra historia, y es apasionante. Me encantaba escucharla cuando era niña, y no me canso de oírla aún ahora, pero ¿de verdad queréis que me crea que pescasteis truchas con vuestras propias manos? –dijo mi hija.

Mi hijo mayor fue un poco menos despectivo.

–Sin quitarle una pizca de valor a lo que vivisteis, ahora no tendríamos que llegar a esos extremos. Los tiempos han cambiado, las epidemias se controlan de una manera moderna y eficiente. Estamos en el siglo XVII. Nadie debe aislarse en una cueva para sobrevivir.

–Está bien –dije–. Subid al piso principal, aquí hace frío. Solo quiero comprobar que las llaves continúen funcionando.

Cuando me quedé sola abrí de nuevo el mecanismo de los barriles. Del interior del túnel llegó una vaharada de humedad y moho, la misma que nos había asaltado a don Diego y a mí la noche en la que huimos en la oscuridad.

De pronto sentí una punzada de nostalgia. Sin duda era mi memoria, que dulcificaba los recuerdos, pero aquellos meses en la cueva fueron los únicos en los que sentí que no debía obedecer a nadie. Me levantaba cuando lo deseaba, recorría el monte sola, nadie me susurraba palabras al oído para que las repitiera, no me indicaban ni cómo comportarme ni qué debía pensar.

Cuando regresé al mundo creí que mantendría esa libertad de espíritu para siempre; pero descubrí que es más sencillo ser quien una es mientras se encuentra perdida y alejada del mundo que cuando se regresa a la sociedad. Poco a poco me domestiqué de nuevo. Dije lo que se esperaba de mí, hice lo que todos querían.

Había vuelto a la cueva en alguna ocasión: nos habíamos llevado el cuerpo de mi hermano para darle sepultura en el panteón familiar, donde le correspondía. La crucecita de sor Marta continuaba allí, junto a su huerto medio destartalado. Había leña preparada, un juego de lumbre y una caja con yesca, todo lo necesario para que alguien sobreviviera.

Y a veces, cuando de nuevo me abruma la hipocresía humana, cuando descubro que uno de mis mayordomos ha intentado estafarme, o he perdido dinero en alguna de mis inversiones porque me han aconsejado mal, mi primer impulso es el de alejarme de todo, de todos. He escrito poco en mi diario, apenas diez o doce frases, todas ellas con un trazo elegante de una pluma bañada en tinta. La última entrada que escribí con carboncillo reza:

«Me sacaron de la cueva de sor Marta el 20 de octubre del año de gracia de 1598».

Desde entonces cuando he contado esta historia he dicho que «fui rescatada», o que «mi marido me salvó», o que «me encontraron». Pero para entonces yo creo que ya no quería regresar, que hubiera sido más feliz como sor Marta, alejada de todos y de todo.

Entonces miro a Crispín, que ya ha cumplido sesenta años pero que sigue conmigo igual que el día en el que nací, con su mechoncito azul sobre el pico y el plumaje de un furioso color verde, y le pregunto:

–¿Qué debo hacer, Crispín? ¿Debería volver a mi cueva?

Y él me mira y es el único caso en el que ladea la cabeza y no dice nada.